东京爱情事故

木懒懒 —— 著

四川文艺出版社

目次

第一章

暴雨侵城

危晓三十岁生日那天，是个银河倒泻的雨天。

整个城市像是洪水倒灌，原先繁华街道上川流不息的人群只剩奔腾的川流，市政府史无前例地给全市人民发了紧急通知——城区 35 处道路因积水断路，城市轨道 2 号线多站关闭，全市交通瘫痪，部分路段积水齐胸，城市中心水位已上升到历史最高值——为了保障安全，请市民在暴雨警报解除之前谨慎出行。

A 市最高档的西餐厅，挑高十几米的大厅有一整面的玻璃墙，墙外是一个绿草茵茵的庭院，精心打理的花草如今在暴雨的冲刷下东倒西歪。

危晓和时遇权对面而坐，餐桌上的氛围比屋外的天气还要糟糕。

在外人看来，坐在窗边的这对男女十分相衬——男人长相出众，温文尔雅，一看就是好出身有教养的社会名士；女人五官清秀，却把一身职业套装穿出了盔甲的 feel，威风堂堂，但在对面男人如水淡定的气质衬托下强势得恰到好处。

没有人知道，他们已经走到了离婚的边缘。

今天时遇权约危晓见面，她本不想来，都已经分居半年，再见面也是尴尬。可律师语重心长地跟她说，时遇权明显不想离婚，继续拖下去，如果真的走到诉讼那一步，恐怕她的公司也只能与他一人一半。危晓最重视的就是她辛辛苦苦一手打拼起来的公司，自然不希望时遇权插手进来，于是便应了时遇权的邀约，想与他和平分手。

侍者撤下主菜盘碟，上甜点之前的间隙，危晓从包包里抽出一个文件袋，放到桌上。

时遇权视线落到那个褐色的纸袋上，像被灼到一样匆匆收回，转头去看敲打在玻璃窗上凶猛的雨柱，呓语一般："雨这么大，不知道饺子在家害不害怕？"

饺子是时遇权养的猫，危晓和它感情一般，更确切点说是：避犹不及。刚开始的时候，这猫简直是猫中的反猫格，超级黏人，每次她一回家它就会扑上来围绕着她。为此时遇权还经常吃醋，因为饺子从来都不会对他热情，而明明他才是那个喂它吃喝陪它玩耍的饲主。

危晓不喜欢猫，尤其是这只，她总觉得饺子像一只怪物，通体雪白，两只眼睛却一只蓝一只绿，她每次不经意看见它总是浑身一颤。刚结婚的时候，她试图去接纳饺子，让它黏在她身边，结果饺子给点儿阳光就灿烂，趁她去接杯水的工夫就把她辛苦了一周的设计稿抓了个稀碎，她大怒，和时遇权大吵一架，扬言如果饺子再接近她一米之内，她就找个月黑风高的夜晚丢了它！

不知道时遇权做了些什么，后来饺子见到她，便有些怕她，只要她一回家，它就会躲到她看不见的角落去，偶尔狭路相逢，眼神里全都是不可言说的怨气。

那个时候，她和时遇权感情多好啊，都肯为了对方妥协，而后来，因为各种鸡毛蒜皮的事争吵、冷战、和好，循环往复……

再好的感情到了现在，也只剩充满遗憾的一声嗟叹。

危晓把桌上的文件袋又往时遇权那边推了推，下定决心要快刀斩乱麻："离婚协议我已经拟好了，条款你看看，如果有异议，我们再商量。"

时遇权长指一伸，坚决地把那个文件袋推了回去："我不想看。"

危晓看着时遇权的手，忽然有些难过。

时遇权是个漫画家，有双极为漂亮的手，莹白纤长，骨节分明，提着画笔在画板上几笔勾勒，就是一幅动人的图画。

危晓对时遇权起初并不是没有崇拜和倾慕，可是终究抵不过现实的挤压。

她认识时遇权八年，他给杂志社供稿的数量八年不变，每次她替时遇权担心未来前景，时遇权都毫不在意地说：我不缺钱，而且我还在画漫画。

这本漫画他懒懒散散画了六年，无人问津。

时遇权确实不缺钱，他祖上积德，在市中心有套四合院，以场地入股的形式租给了一家做高级会馆的公司，一年分红比她公司利润还高。

可危晓就是讨厌他这副年纪轻轻就暮气沉沉混吃等死的状态，她跟他沟通过很多回，终究南辕北辙，她讨厌时遇权自由散漫，时遇权也看不惯她横冲直撞，所以每每都以大吵一架收场。

尽管每次吵的时候都只有她在歇斯底里，尽管每次吵完时遇权都会过来哄她，可到底，感情还是吵得越发淡了。

最重要的是，时遇权依旧我行我素，从没把她的话放在心上。他还总是劝她放慢节奏，享受生活，好好珍惜当下在一起的日子。

他们这么年轻，在这个时候停下来养老？在危晓眼里，这不过是时遇权给自己不求上进找的借口罢了。

危晓微微调整自己的呼吸，让自己尽量冷静，以保持最好的谈判效果："时遇权，我们已经没有感情，为什么不能让我在三十岁生日这天有一个新的开始？"

"你终于三十岁了。"时遇权眼望窗外，脸上竟然带着一丝笑容，"我一直在等这一天。"

这个不合时机的笑容让危晓皱起眉头："这话是什么意思？"

侍者送上了甜点，时遇权把危晓的那份苹果派拿过来，再把杏仁豆腐推到危晓面前："你少吃点儿甜食，有空去检查一下牙齿。"

危晓不自觉地伸手捂住了右腮，心下奇怪，她时而的牙痛是上个月才开始的，她并没有告诉任何人，时遇权怎么会知道？

"我的事不用你管。"她从纸袋里抽出文件，"如果你不想看，我来跟你说一下吧。我们结婚六年，无生育子女，离婚唯一麻烦的是财产分割，至于这一点，这份离婚协议你并不吃亏，因为我不要你任何的私人财产，我只要我的公司……"

时遇权打断她："你的公司是 2012 年成立的吧？我们是 2010 年结婚，理论上该有我的一半。"

还真是被律师说中了。

危晓皱紧了眉，现在公司刚接了一个大项目，正是一飞冲天的关键时刻，经不得一点动荡。她喝了口冰水，压下心中烦躁："如果你要这么算的话，你的四合院我也要一半。"那可是几千万，她不信时遇权舍得。

"我给你，卖也行租也行，任你处置。"

危晓一怔。

时遇权像是幼稚园的小朋友分苹果一样，随意极了："四合院分你一半，现在住的房子也分你一半，你的公司我看你也不愿意让我去搅和，就卖了吧，我们对半分。"

危晓彻底被激怒："时遇权！你不能这么卑鄙！你明知道那是我全部的心血！"

"我不想卑鄙，也不想离婚。"

危晓冷笑："不想离婚？我们已经分居半年了，你现在才说不想离婚是不是晚了点？"

"在我有生之年，一点都不想跟你分开。"时遇权握住危晓的手，"不要逼我离婚，也许今天我就会死呢？"

危晓抽回自己的手，冷冷地说："我对你没有深仇大恨，我不希望你死，我只希望能跟你离婚。"

"我今天不想跟你讨论这个话题。"

"那你来赴约做什么？"

"祝你生日快乐。"时遇权从口袋里拿出一个绑着水玉色绸带的盒子，推到危晓面前。

危晓看都不看，把离婚协议又拉了过来："这才是我要的生日礼物。"

沉默的空气像糨糊一样让人喘不过气来。

幸好危晓的手机打破了这种窒息的气氛,她"嗯"了几句,又说"知道了",然后挂了电话。

"客户找我有急事,你什么时候想签字了找我律师。"危晓站起来离开,她知道,继续谈下去也不会有她想要的结果,既然如此,又何必浪费时间。

"雨这么大,你开车不安全,还是我送你吧。"

"不用。"危晓的公司离这家餐厅不过三公里,外面的雨势看上去也小了些,她不觉得有继续等下去的必要。

时遇权知道危晓的性格向来说一不二,便默然,眼睁睁看她走远,又透过玻璃窗看着她的黑色 Grand Cherokee 开走,视线才收了回来,忽然看见桌上那个礼品盒,立刻抓起来追了出去。

危晓开车出来没几分钟,瓢泼大雨又倾泻而下,眼看就快到公司,她并没有就近找平坦地带停下等雨势减弱,而是继续往公司开去。

离公司还有两百米的地方有一个桥洞,危晓看桥洞积水并不深,便想直接闯过去,可是车子正在下坡的时候,水位突然急速攀升,短短十秒,水已经蹿到了挡风玻璃前。

危晓心想不好,去开车门,车门因为外面水压的关系已经打不开了,并且车窗的开关也失灵了,她拿手机拨 119 求救,电话那头说:"我们会尽快赶过去,但需要一点儿时间,女士您车上有破窗器吗?"

"没有。"

"有什么硬物吗?请您尽快砸开车窗,然后涉水逃离。"

危晓听到对方急促的语气，知道形势严重，紧张得连声音都在颤抖："我……我没硬物怎么办？而且……而且我不会游泳……"

"女士请您保持冷静，我们会尽快安排救援人员过去。"今天暴雨险情频发，消防中心的救援队员早就已经全部出动。

危晓握着手机，眼睁睁看着水位已经没过车顶，车身四面八方细微缝隙处已经有水灌进来，她心里开始发冷："我是不是会死？"

"请您保持冷静……"

现在冷静还有个屁用啊！危晓挂了电话，车内水位已经涨到脚脖，她像只困兽，四处拍打着车窗，想要突围，可是徒劳无功。水位迅速涨到腰间，她绝望了，放弃了挣扎，靠在座椅上，双目无神倒数着自己生命的终结，脑海里像幻灯片一样一帧一帧翻过她的一生——七岁去机场送爸爸回家哭了一天，九岁妈妈再婚躲在窗帘后哭了一下午，十五岁带妹妹出去玩不小心弄丢了妹妹被妈妈打了一巴掌坐在大街上号啕大哭……记忆里的眼泪就和现在汹涌漫进来的水一样多，直到二十二岁时遇权跟她表白，她在被窝傻笑了一夜，从那以后，她的人生像是打开了天窗，明亮畅快了起来……

她忽然发现自从和时遇权在一起之后，她再也没有哭过。时遇权总是温暖和煦，包容她理解她支持她，所有一切顺着她的喜好，家里装修是她喜欢的北欧风情，看电影只看她喜欢的喜剧片，她说想等事业稳定了再生孩子，他就帮她顶住所有的催生压力。

危晓一直以为自己不爱时遇权了，她无法容忍他的颓废堕落。她希望她喜欢的男人是可以引领她前进的光，可时遇权却是没有方向随风摆动的烟，所以她要和他分开。

直到现在她才发现，时遇权也是一道光，一道让她温暖有力量的光。

水位已经攀升到胸口，她哭着给时遇权打电话，可电话却没有人接听。

她对着自动应答的程式女声泪如雨下："时遇权，到这一刻我才知道你说得对，人生在世，能做自己喜欢的事，能和自己喜欢的人长相厮守就已经很好了，因为我们都不知道，意外和明天哪一个会先到。以前是我不对，是我不懂珍惜，如果再给我一次重来的机会，我一定多抽点时间陪你……"

水快要升到肩膀处，危晓想蹲到椅子上，结果刚刚解开安全带，就被水浪打得往前一个踉跄，她好不容易扶着门把手站起来，手机早就不知道被水打去了哪里。

她努力把脖子升高，车窗外面混沌一片，什么都看不清，她忽然听到车窗有被人敲击的声音，她充满希望地四处张望，就看见副驾的车窗上出现了时遇权的脸。

电话不是没有接通吗？他怎么会知道她在这里？危晓看着他，像是在做梦。可就算在梦里，她也想最后一次摸摸他的脸。

时遇权看到她伸出手贴近玻璃，知道她还活着，神情一松，然后举起手上的破窗器狠命地砸了下去。

车内外的水流汇通，危晓很快就被淹到了水面底下，她拼命挣扎，双手双脚没有规律地乱扑腾，忽然手臂被人抓住了，她知道是时遇权来救她了，整个人安下心来，停止了挣扎，顺从地任由他把她牵引出车。

危晓死里逃生，全身发软，不停颤抖，脸色泛白眼神无助，像只从下水道刚捞起来的小狗。时遇权如果不扶着她，她马上就要化在水里。

过了一会儿，她终于"哇"的一声哭出来，趴在时遇权的肩头号啕大哭。

时遇权带着她往浅水区游，一边游一边安慰已经完全吓傻的危晓："没事了，没事了……"

"时遇权，我们不离婚了，好不好？"

"好。"

危晓四肢毫无力气，几乎是被时遇权拖着游，桥洞外的水像瀑布一样冲下来，他们刚游了几米远又被拍回了原处。

时遇权一只手抱住桥墩，另一只手抱着危晓，被水流冲来荡去，已经接近极限。今天市内多处险情，消防车早就已经全部出动，短期内根本不会有人来救他们。而他的腿，刚刚撞到了桥墩，现在……

他把腿往危晓看不到的方向藏了藏，强迫自己忘记那股剧痛，还有水底蹿上来的连串泡泡。

也许这便是宿命，终究还是逃不过。时遇权嘴角溢出一丝痛苦的微笑，额角的汗珠掩护在雨水中滚滚而下。

危晓瑟瑟发抖："时遇权，我们会死在这里吗？"

时遇权用力抱紧了危晓："不会，我不会让你死。"

"是我错了，是我一直以来太任性……"从未遭遇过如此困境的危晓现在只剩下懊悔，"如果一切可以重来，我一定会好好爱你。"

时遇权欣慰地笑了笑，嘴唇发白："乖，不要说话，保存体力等待救援。"

危晓听话地点了点头，像只无尾熊一样挂在时遇权的身上，为了给自己坚持下去的力量，不停憧憬着以后的生活——她要和时遇权出去旅游，第一站日本，她要去看看时遇权曾经生活过的地方；她要减少工作量，多陪时遇权参加亲戚朋友的聚会，不让他总是形单影只被人笑话；她要和时遇权生一个孩子，不，两个，一个像他，一个像她……

　　不知道过了多久，消防车呜呜的声音由远及近呼啸而来，如同天籁一般。

　　危晓看见消防队员们扔下救生筏，朝着他们划过来，心里激动不已。

　　"时遇权，我们得救了。"

　　时遇权却脸色苍白，嘴唇发紫，他声音微弱，却很清晰："危晓，如果一切可以重来，我一定不会让自己再爱上你。"

　　危晓不明白时遇权为什么会说这样的话，她被消防队员刚抱到筏上，时遇权便松了手，他的身体被激流往前冲去，像是一片落叶毫无重量，逐水远去。

　　她蒙了，像是天塌了一样，比刚刚独自困在车里还要恐惧，她想扑到水里，可被牢牢按住了，她声嘶力竭眼前一黑。

　　"时遇权！！！"

　　危晓像是做了很长的一个梦，梦里很多人跟她说节哀顺变，梦里时遇权的爸妈过来给了她一份时遇权签好字的离婚协议，梦里妈妈一直守着她，不让她一个人单独待在家里。

　　浑浑噩噩过了很久，她在床头柜和床的夹缝之间发现了一本时遇权的手账。她翻开来，几乎每一页都与她有关，曾经她随口说说的看海、看山、看极光、看企鹅……时遇权都仔仔细细做过规划，但他每次跟她提及，她总是放不下工作，于是计划全都落空。被放了那么多次鸽子依然热忱满满地对待她每个愿望，时遇权比她想象中还要爱她。

危晓的心像是被按在车轮下反复碾过，翻到最后一页，她忽然看见两张机票，还有一份同学会流程表，时遇权在旁边用加粗的字体写了一行字：如果危晓过了三十岁生日我们还能在一起，我一定要带她去同学会。

时遇权真的很不想和她离婚，他真的从来都没有想过要和她分开。

危晓捏着那两张机票，泪如决堤，她还以为她的眼泪早就流干了，不会再流，就像她以为她对时遇权的伤害只有那些，不会更深，可是到现在她才知道，她对时遇权有多残忍。

机票上的日期就是今天，离起飞只有两个小时。

危晓来不及多想，立刻擦干了眼泪，把护照塞进背包里便直奔机场。赶到航空公司柜台的时候，离起飞已经只有四十分钟了。

她拿了登机牌进安检通道，前面人山人海，等安检完又排队过关，全部手续办完之后，离起飞只有十分钟了。

危晓抓着护照朝着129号登机口一路狂奔，登机口已经空无一人，可是通往廊桥的门还没有关上，她便翻过了柜台，然后迅速冲进了机舱。

找到座位坐下之后，很快飞机就起飞了。她拿着那张流程表，看着看着就睡着了。

而此时，机场广播里却传出了她的名字："请搭乘×航空×航班由 A 市前往东京的危晓女士尽快到 29 号登机口登机，您乘坐的航班就快起飞了……"

三个小时的飞行很快过去，睡醒的危晓最后一个下机，出关之后，才发现自己没带手机，她已经很久很久没用过手机，可现在要去时遇权的同学会，没有手机很不方便，就打算去买一个。

危晓进了机场里一家类似手机运营商的店面，绕了一圈发现日本智能手机的机型特别老旧，简直像十年前的样子，而且主流的机型竟然还是翻盖机。她忍不住怀疑自己是不是来错地方，日本作为一个以黑科技闻名的国家，在机场竟然卖这种老款手机。

店员英语不好，她跟他交流了半天才明白日本的电话要实名登记，游客不可以购买。她只好讪讪地离开，然后去打车。

出租车司机把她载到她指定的那家酒店，危晓用信用卡结账，刷了好几张司机都摇手，表示刷不上，酒店的门童走过来询问需不需要帮忙。危晓只好把钱包里仅有的人民币翻了出来，让门童帮她换成日元然后付了车费。

门童将她指引到酒店前台，她用英语询问樱道日本语学校的校友会在哪一层，前台一脸茫然地回答她说酒店今天没有校友会活动。

危晓拿出她打印的那张纸给前台，指出说校友会今晚六点有晚宴，前台古怪地看了她一眼，然后叫过来了一名中文接待员。

"女士您好，请问我有什么可以帮到您的？"

危晓终于听到了中文，整个人都放松下来，拿着纸问："我想请问 06 届樱道日本语学校的十周年校友会是在哪个厅？"

"女士，您弄错了吧，06 届同学的十周年校友会那得 2016 年才能举行吧？"

"对啊，现在不就是2016嘛。"

"今年是2006年，平成十八年。"

"开什么玩笑！"危晓不相信地看着中文接待，"现在日本首相是谁？"

"安倍晋三。"

危晓拍了拍胸口："那现在就是2016年啊。"一场虚惊，对面这人一定是在跟自己开玩笑。

"女士，真的是2006年。"

中文接待见跟她讲不通，就把她领到了大堂的电视旁边，正好在播天气预报，危晓虽然听不懂日语，但是数字还是认识的，左上角清楚地写着：2006年9月30日。

她懵头懵脑地走出酒店，外面阳光灿烂，她的脑子里面却一片空白。

错觉，一定是错觉。

她狠命揉了揉自己的脸。

然而满大街电子屏上显示的日期都是2006，她不信邪地拿刚刚出租车司机找的零钱去便利店买了瓶水，收到的小票上写的也是2006。

到底是谁在跟她开玩笑？

她不就坐了趟飞机吗？又不是时光机！怎么还能回到十年前？

危晓坐在商场的休息区，看着自己的护照，上面明明有效期是2010—2020，刚刚出入境的工作人员到底是怎么把她放进来的？

她终于知道她的信用卡为什么刷不了了，因为那都是2006年以后才办的卡，她的护照和她的信用卡一样，在这个时空全都算是假的。她现在相当于一个身无分文流落在东京街头的黑户。不行，她得赶紧回去，她不想错过和时遇权的最后一个约定，她要去参加他的同学会。

危晓把护照放回包里，发现了那张登机牌，上面明明白白写着登机口 29，而她进的是 129 号登机口……所以是她进错了登机口搭错了飞机才变成现在这样？

是了，一定是这样！这是唯一说得通的解释！当时她太着急没注意，现在仔细想想，A 市机场好像一共不到 100 个登机口，怎么会有 129 登机口！

既然坐错飞机坐丢了十年，那么再坐一次飞机应该就能把这十年捡回来了吧。她决定去大使馆，假装护照丢失，然后办好 2006 年的证件，再坐飞机回国。

危晓进了电车站，费了九牛二虎之力买好了电车票，却被错综复杂的电车线路图闪瞎了眼睛。

她拿着票塞进检票机，可是检票机"嘀嘀嘀"，把她的票吐了出来。她不服气，又塞，又被吐……

几次之后，就听见后面有个不耐烦的声音说："你这不是 JR 线路的票，是 metro 的票，你走错地方了。"

这声音十分耳熟，危晓一回头，吓得直接叫了出来：

"时遇权！你怎么在这儿！"

穿着便利店工作服的时遇权怔了一怔："你怎么知道我名字？你是谁？"

"我是危晓啊！你不认识我了？"

时遇权搜索了片刻记忆库，确认不认识眼前这女人，就说：

"你认错人了。"

危晓拉着他死死不放,眼里激动得满是泪光,"你真不记得了?我是你老婆,我们结婚六年了……"她天真地想,既然她能穿越,那时遇权一定也能穿越,他没有死,他只是换了个时空继续活着,而那趟错误的航班,就是送她过来和时遇权团聚的。

"放手。"时遇权用力甩开她,想要摆脱这个疯子。

危晓不管不顾地冲上去抱紧了他:"我不管,我现在找到你了,你休想让我放手。"

时遇权有些发怔,虽说他从小正太时期开始,就经常被女生搭讪,他早就习以为常,可还是第一次被一个欧巴桑用这种震撼的方式搭讪。

他老婆?他老婆怎么也要像新垣结衣那样又漂亮又会卖萌才行。这女的到底是哪儿来的神经病?怎么会知道他的名字?

时遇权低头思索,看到自己胸前的名牌,恍然大悟。

他用力推开了抱住他的疯子,嫌恶地说:"你不要胡说八道,不想坐电车,就让开。"

危晓挡在他的身前,伸开双手拦住他,急切辩白:"我没胡说八道,我们认识八年结婚六年,虽然感情出了点问题,我想跟你离婚,但还没离,我现在还是你老婆。"

六年?六年前他还未成年呢!那时候他倒是有个初恋女朋友,两人是同桌,可惜手都没牵她就转学了,他记得她眼睛很小,特别内向,笑起来眉眼弯弯特别好看……再看看眼前这位……凶神恶煞活像个泼妇……就算她女大十八变,模样性情都改了,也不该从少女直接变成大婶吧。

这难道是什么新型诈骗手法？

时遇权烦得不得了，他打工的便利店换班的同事今天来晚了些，学校眼看就要开课了，他连衣服都没来得及换急急忙忙想赶着去上课，没想到却碰到了个拦路的花痴。

他懒得再跟她废话，一把扯过挡路的危晓衣领，将她提溜到空中，然后像扔啤酒罐一样扬手扔到了一旁。

危晓被扔得足足有两米远，瘫坐在地上，目瞪口呆。

她从来不知道时遇权还有这样心狠手辣的一面，关键是又 man又帅，她的小心脏扑扑直跳。

时遇权刷卡进了车站，还回头得意地朝危晓做了个鬼脸。他手指扒眼睛的时候，她看见了他靠近眼角的那颗痣。危晓更加确定，这是时遇权，一定是时遇权！

一样的名字一样的痣一样的长相，不可能有假。只是这个时遇权看上去要年轻水灵得多，像是一颗青青白白的小嫩葱。

危晓拍着自己的脑袋暗叹自己真蠢，2006 年时遇权二十二岁，应该正在东京留学……

这是十年前的时遇权啊！

老天这是在帮她！用了这种特别的方式把时遇权送回她的身边！只要能和时遇权在一起，活在十年之前又有什么问题？她决定不回国了，就让一切重来一次吧，这一次她一定好好珍惜时遇权，不会再任性自我去伤害他了。

现在问题是上哪儿去找时遇权，她想起背包里那张同学会流程表……

第二章

迷路重逢

危晓看着同学会流程表，决定先去樱道日本语学校守株待兔。

她害怕自己又买错票，在售票机器那跟工作人员比画了半天，工作人员告诉她，没有听说过樱道日本语学校，她找了几个路人问，大家也说没听说过。她没办法，只好从电车站走了出来，想起时遇权穿的那套衣服，好像是附近某个便利店的制服，便决定就在车站守株待兔。时遇权既然在这边打工，就一定还会再回来。

天色渐晚，危晓饥肠辘辘，捏着手里仅剩的两个硬币什么都不敢买，坐在电车站出口的台阶上，可怜巴巴地盯着进进出出的人群，生怕自己一个不小心就会错过时遇权。

她无所事事鬼鬼祟祟的样子引起了巡逻警察的注意，警察骑着自行车绕着自己的片区巡逻了三圈，发现她还坐在那里，便停下了车，往她那边走去。

危晓一看警察过来了，赶紧站起来，想要逃跑，她现在是个黑户，要是被警察发现没有证件非法滞留，她就要被遣送回国，据说遣返之后有五年都不能再入境日本，她绝对不要被遣返，绝对不要离开时遇权。

警察看她神色慌张，脚步更快，几步就拦住了她，让她出示证件。

危晓睁着无辜的大眼睛，假装听不懂，努力让自己显得像个善良的白痴。

警察问她："中国人？韩国人？"

不管警察问什么，她都是摇头，然后就听见警察打电话寻求支援，大约是想把她弄回派出所再审。

危晓像只困兽，焦急地抓耳挠腮，踮起脚尖四处观望，准备破釜沉舟拔腿逃跑，忽然有个声音响起，说的中文，她侧头一看，有个穿白 T 恤背书包的男生从自行车上下来。

"你好，我是中国人，你需要什么帮助吗？"

危晓像是抓到了救命稻草："我来日本旅游，钱包和证件都丢了，所以……"

"那你应该报警。"

"不行，我现在还不能回去。"

"为什么？"

危晓急得要哭了："我待会再跟你说，你能不能先帮我把警察打发走？"

那男生看了她几眼，危晓穿着一身浅灰的套裙，妆容整洁，看上去并不像坏人，便和警察用日语交涉了一会儿，警察频频点头，然后骑上自行车走了。

危晓安抚地拍拍自己的胸口，然后跟替她解围的男生说："谢谢。"

那男生笑了，露出一口整齐的大白牙："我叫绪天赐。"

绪天赐长着一张人畜无害的脸，白净的脸庞都是青涩未脱的稚气，看样子也是个学生，和现在的时遇权差不多大年纪，笑起来的时候左脸还有一个深深的梨涡。

危晓心中一暖："你好，我叫危晓。"

"我跟警察说你迷路了，证件都在酒店里，我会送你回酒店，所以你最好不要再在这儿转悠，否则等他再看见你，就没法糊弄了。"

危晓坚决地摇头，"不行，我不能离开这里。"

"为什么？"

"因为我在等人，他在这附近便利店打工，我不知道他什么时候会来。"

"你没他电话吗？"

"没有。"

绪天赐抬手看了看表："已经快终电了，我看他今天不会再过来了。"

"终电？"

"就是日语里末班车的意思。"

"那我等到终电。"

绪天赐看她很坚持的样子，便建议她："你买张票进车站里面等吧，在外面太招眼了。还有，丢证件没关系的，你去趟大使馆就可以补办，不用害怕警察。"

"好，谢谢你。"

"那我回家了，祝你顺利。"

绪天赐推着自行车离开，危晓抱着包包走进了车站，她今天收拾行李的时候太急，除了钱包护照别的什么都没拿，所以包包也是空空如也，现在只剩两百日元，能不能撑到找到时遇权呢？

时间分秒如梭，车站里的人越来越少，她朝里张望的眼神也越来越疲惫，忽然又听到了绪天赐的声音。

"你怎么还在这儿？错过终电你就回不了酒店了。"绪天赐提着一袋蔬菜瓜果，像是刚刚从超市出来，手上还拿着一个养乐多，边走边喝。

"我……我没地方住。"

绪天赐差点被养乐多呛到："你不会是黑户吧！"

危晓叹气不语。尽管不想承认，但在这个时空这个地点，她确实是一个没有身份的人。

"你来日本是做什么的？"

"我来参加我亡夫的同学聚会，可是因为一些意外，没能去成。我亡夫曾经在日本留学，我想看看他曾经生活过的地方再回去。"

"亡夫"两个字让绪天赐微微动容，他沉默片刻，然后问："那你在等什么人？"

"一个跟他长得很像的人。"

绪天赐眼里多了些同情，这个女人是忆夫成狂了吧，都是中国人，能帮一把就帮一把，于是他说："要是你不怕我是坏人的话，就去我家住吧。"

危晓感激地说："你都不怕我是坏人，愿意收留我，我怎么会怕你，真是太谢谢你了，你真是个天使。"

"嘿嘿。"绪天赐手拿养乐多，不好意思地挠了挠头，"天赐在日语里的发音和天使一样，其实我同学都这么叫我……走吧。"

走了大约十五分钟，就到了绪天赐的家。

这是一个挤在两栋公寓中间的独栋小别墅，幸好南面没有高楼，采光应该还不错，日式传统的木质结构，上下两层楼，危晓一眼扫过去就看出来这房子已经有三十年以上历史，土地面积大约一百平方米，建筑面积八十平方米左右。具有年代感的建筑风格和周围的环境一对比显得更加残旧。

院墙很矮，院门紧闭，邮箱上方的名牌方方正正写着繁体版的"绪"字。

绪天赐拿钥匙开门，危晓进去之后就看见院子的角落里种满了盆景，但好像因为疏于照料，早已没了形状。

看危晓满眼的可惜，绪天赐解释说："这都是我爷爷种的，五年前爷爷去世了，我们都不会打理盆景，所以……"

危晓因为学建筑，后来又接别墅设计项目，对于园林景观设计方面也略通一二，便说："要是你不怕我把它们弄坏的话，我可以帮你修剪。"

"好啊，不过今天太晚了，明天再说吧。"

绪天赐开了房子的门，让危晓进去。

危晓在玄关处脱了鞋，职业病又犯了，来来回回看了几遍这间老房子的结构，东敲敲西摸摸，然后对端着茶招呼她去喝的绪天赐说："这房子虽然保养得不错，但毕竟是木质结构，有些地方因为年头儿太长已经不能承重，存在很深的安全隐患，我建议你们翻修一下，或者重盖。"

绪天赐把茶杯放到她面前，好奇地问："你说的问题区役所……就是区政府的人过来跟我们说过几次，我爸打算等他退休去乡下住，所以这个房子不打算翻修。你怎么懂这么多？你也是做建筑的吗？"

危晓猛然想起自己只是过来借宿，一进来就指手画脚实在很没有礼貌，有些不好意思地说："嗯。不过我没有设计过木质结构的房子，你也知道，木造主要是为了防止地震衍生的次生灾害，和我国国情不符。"

绪天赐佩服地看着侃侃而谈的危晓："既然你是建筑师，应该尽快回国去，不然等签证留了污点，以后想出国都很麻烦。"

危晓转着热热的茶杯，苦笑。

绪天赐便干咳了声："已经很晚了，客房的床铺好了，你尽早休息。"

"嗯，谢谢你。"

绪天赐摆了摆手："不要总说谢谢，弄得我都不好意思了。"

危晓便笑着跟他去了客房，第二天一早她便起床，打算帮绪家拯救一下盆景，算是报答绪天赐的收留之恩，好不容易将一棵罗汉松的形修了出来，伸了个懒腰，就看见绪天赐从屋子里跑了出来。

"你怎么不多睡会儿？现在才七点多。"

"睡不着。"危晓害怕自己一觉醒来会发现这是个梦，会回到那个冰凉苍白的世界，所以不敢睡，快天亮的时候眯了一小会儿，又梦见了那场凶残的大雨，从噩梦中惶惶惊醒。

"别忙活了，我们先吃早饭吧。"

绪天赐很快就做了两碗味噌汤，又端出几碟小菜，还有两块香喷喷的烤鱼，一看就是生活技能点满的乖宝宝。

"这些是传统日式早餐。"绪天赐一边盛饭一边说，"也不知道你能不能吃得惯。"

危晓苦笑，她现在还有挑剔的权利吗？有的吃就该感天谢地了。

"这些红红黄黄的是什么？"

"都是萝卜，这些小菜都是咸菜，日本的咸菜叫渍菜，就是放点盐和调料浅浅地腌，两天就可以吃。"

危晓尝了几片，脆脆的很爽口，边吃边问绪天赐："你从小在日本长大的？"

"嗯，但我是地地道道的中国人。"绪天赐好像生怕危晓不认同他的同胞身份，就把家底全抖落了出来，"我爷爷以前在日本做生意，后来就在日本定居了，我爸十几岁来的日本，学日语的时候认识了我妈，我妈也是中国人，最近姥姥生病，我妈回国照顾姥姥去了。所以我虽然生在日本长在日本，但却是纯粹的中国人，我每年都会回乡祭祖。"

危晓觉得绪天赐挺可爱的，像个热血少年，就取笑他："那你也没交过日本女朋友？"

绪天赐腼腆地说："没有，我喜欢中国女孩儿。"说完赶紧举起饭碗猛吃，挡住自己害羞的脸。

危晓哈哈大笑："你真是个小天使，又乖又可爱。"就像一个青涩的小弟弟一样。

绪天赐很茫然地问："乖和可爱不是形容小孩儿的吗？国内现在也用来形容二十出头的男青年了？"

危晓觉得他真是可爱爆了："我年纪比你大，所以可以这样用。对了，你家盆景太多了，全都修剪完还需要一些时间，要不你收留我，管我吃住，我慢慢帮你弄？"

绪天赐痛快地说："没问题呀。日本人工很贵，这样算我还占便宜了呢。"

危晓总算有了落脚之地，绪天赐给了她一点儿零花钱，又把他之前的旧手机找出来借给危晓用，然后两人一起去了电车站。绪天赐看时间还早，便说："我陪你一起等那个人吧。"

"好啊。"人生地不熟，语言不通，绪天赐肯陪她当然是最好不过了。

电车站对面有个咖啡店，绪天赐和危晓坐在靠窗的位子，眼睛眨都不眨地看着对面。

过了一会儿，绪天赐手机响了，他接完电话之后很抱歉地跟危晓说："我突然有点儿急事要先走，你要是有什么事就给我打电话。"

"嗯，我知道了。"

绪天赐匆匆离去，危晓忽然发现他的钱包落在沙发上，连忙捡起来追了出去，终于在电车站门口追到了他，绪天赐拿了钱包之后跟危晓挥了挥手，就冲进了电车站。

危晓站在原地，思考是回咖啡馆继续坐等，还是站在这里等，就看见了出站人群里出现了那个她既熟悉又陌生的身影。

时遇权今天没有穿工作服，而是穿了一身运动服，戴着一顶鸭舌帽，帽檐压得很低，因为个子很高，在人群里格外显眼。

危晓惊喜地守在刷卡机旁边，等时遇权一出来，就抓紧了他的衣袖。

"时遇权！我终于找到你了！你学校怎么不叫樱道日本语学校？是不是后来改名字了？"

时遇权被吓了一跳，扯掉耳机很不悦地说："怎么又是你！"

"因为我真是你未来的老婆，我知道你是独生子，你爸妈都是大学教授，对不对？我一时半会儿跟你说不清楚，我们能找个地方好好谈一谈吗？"

时遇权不可思议地打量了危晓几眼："那好吧，不过我马上要上班了，你能等我下班吗？"

"当然能！"

危晓看时遇权终于开始动摇，激动不已，寸步不离地跟着时遇权去了他打工的便利店。

时遇权换好衣服出来，看见她眼巴巴地守在收银台附近，就说："你不要影响我的工作，出门左拐有个公园，你去随便转转，四个小时之后再来找我。"

危晓很是担心："你不会偷偷溜了吧？"

时遇权十分友好地说："你已经知道我打工的店了，我能跑到哪里去？"

危晓顿时眼眶就湿了，自从重逢，这还是时遇权给她的第一个好脸色。

时遇权拿出一个寿司便当给她："中午就吃这个吧。"

真是久违的温柔和体贴，危晓真要哭了，她拿着便当，听话地走出了便利店。

刚走出便利店就下起了雨，危晓伸手试了试，雨不算太大，就一鼓作气地跑走了。

危晓找了半天才找到了时遇权所说的"公园"，不过就几棵大树中间围了一个花坛，背靠花坛做了几排石凳，这要是放在国内，连街道活动中心都算不上。

雨很快就停了，太阳又冒了出来。

过了一会儿就是午餐时间，危晓看见很多上班族提着便利店的袋子过来，坐在石凳上，啃着饭团喝个绿茶，简简单单就是一餐。

危晓不禁感慨，日本的生活节奏比国内的一线城市还要快，压力可想而知，时遇权边上学边打工应该也很辛苦吧！她以前以为时遇权家世优越，一定从来没有吃过苦，看来是她太想当然。

她拿出时遇权给她的寿司便当，一边吃一边流泪，她根本就吃不惯生食，但想到这是时遇权给她的，就加了很多芥末咬着牙生生往肚里咽，吃完之后就发现肚子里面轰隆轰隆像打鼓一样，赶紧就近找了一个商场冲了进去。

一下午拉了五六次，危晓拉得脸色煞白腿都软了。

最后一次从商场出来，外面又下起了雨，跟中午那场蒙蒙小雨不同，这次是疾风骤雨，好多路人都冲进商场来躲雨。危晓经过那次大雨之后对暴雨已经有了心理阴影，但眼看就要到时遇权下班的时间，想到时遇权在等她，还是心一横，举起背包顶在头顶，冲进了雨幕里。

雨点砸在手上，有些痛，衣服很快就被打湿了，可这些她都无所谓，她想早点见到时遇权，告诉他他和她的过往，她相信他六年前既然能对她一见钟情，冥冥之中一定有缘分在指引，只要她有机会跟他说说六年前的事，时遇权很快就会对她有感觉，然后她就可以再嫁给他一次，就像童话中的大团圆结局一样，幸福美满。

心里充满了憧憬，好像连雨都变小了，她抬头一看，才发现头顶有一把透明伞。

时遇权声音听不出来情绪："没伞不知道买一把吗？"

危晓手一摊，坦坦荡荡："我没钱。"

时遇权看了她几眼："走吧。"

"去哪儿？"

"你湿成这个样子，总要找个地方暖一暖。"

危晓跟在时遇权后面，进了一家钱汤，日本的热水写作汉字汤，钱汤就是大浴场。

时遇权交了钱，领了两套浴衣，然后说："你把换下来的衣服给我，我拿到隔壁的洗衣店洗一下。"

"好。"

危晓跑去浴室先换了衣服，然后拿出来给时遇权："你……真的不会溜走吧？"时遇权今天对她的态度和昨天截然不同，她有点不敢相信。

时遇权懒得说话，翻了个白眼，把自己的储藏柜钥匙丢到她手上："我们交换钥匙，半个小时后休息区见。"

危晓便跟时遇权换了钥匙，她淋了雨，身上泛着寒意，泡进热水之后，舒适的温度让她整个人都活了过来。

这家钱汤看起来很有些年头的样子，工作人员都是四五十岁的欧巴桑。她不敢泡太长时间，泡了十几分钟就吹干头发去了休息区。过了十分钟，时遇权才过来。

他头发没吹，湿湿的耷拉在脑袋上，拿着一瓶牛奶，边走边喝，看见危晓眼巴巴地看着他，就摇了摇牛奶："你想喝?"

好像是挺渴的，危晓便点了点头。时遇权把牛奶递给她："我没零钱了，你想喝的话这半瓶将就着喝吧。"

危晓接过来，极其自然地就着他刚刚喝过的瓶口咕噜咕噜把剩下的牛奶全都喝了下去。

时遇权眼神闪了闪，然后说："泡完澡再来瓶冰牛奶再爽不过了。"

"你以前不爱喝牛奶的。"

时遇权疑惑地看向危晓。

危晓解释说："我是说我认识你的时候。"

和时遇权结婚之后不久，她心血来潮学做奶茶，可是怎么威逼利诱时遇权都不肯喝，问他为什么，他说："我不喜欢喝牛奶。"

后来她撒泼甩赖，他终于喝了一口，眉头就拧得可以放下一根筷子，然后迅速跑去卫生间吐了，她看他实在不喜欢，这才算了。

所以她刚刚看到时遇权喝牛奶的时候，整个人都震惊了。

看来人的口味是会变的。

时遇权很少在她面前提及他在日本的事，因为她不喜欢日本。危晓小时候家里经济状况不好，爸爸为了挣钱买房子，便花光家里的积蓄找了中介公司来日本海外劳务，可是来了刚一年，妈妈就告诉她，爸爸在日本已经有了新的家庭，他找了个日本女人结婚，不会再回来了。

危晓死活不信，那么疼爱她的爸爸会不要她？她偷偷攒了零花钱去电信局打国际电话，爸爸在那头跟她说："晓晓，爸爸对不起你和你妈……"

那年头国际电话费超贵，她攒的零花钱只够打两分钟，她听爸爸翻来覆去说了无数遍对不起，后来，电话就挂断了。

她举着电话，像是掉进了一个巨大的漏斗，她卡在漏斗的底部，想爬爬不上去，想掉掉不下来。无边无际地绝望。

第二年，妈妈再婚了。她终于从漏斗里掉了出来，掉进了寂寞的万丈深渊。

她很快就有了妹妹，妹妹比她黏人又可爱，又有亲生爸妈疼爱，自然就是家里的小公主。

后来有一次，外婆来看她们，妹妹骑着新买的玩具车在客厅穿来穿去，碰倒了垃圾桶，妈妈骂她，她还冲着妈妈做鬼脸。

外婆就笑着说："你小时候跟她一模一样，做错事从来不肯承认。"

那句话深深刺痛了她的心，她多想回到那些想撒娇就撒娇的时光，可是不可能了。

从此以后她的性格变得更加孤僻，初中开始她便住校，很少回家，也很少和家里联系。

而在她心里，这一切的罪魁祸首就是日本，如果爸爸当年没有来日本，他们家虽然穷，但她却有完完整整的爸爸妈妈，她也就不会度过极度敏感自卑孤独的青春期。

但愿日本吞噬掉她的童年之后，会还她一个温暖的余生，就像她失去了爸爸，得到了时遇权一样。如果能再一次回到时遇权身边，她愿意放弃所有她执着的一切。

坐在对面的时遇权开始切入正题："你什么时候认识我的?"

"2008 年。我们一起看奥运会比赛。"

"奥运会比赛? 那你肯定知道第一块金牌是谁拿的吧?"

危晓愣了一下，使劲搜索了一圈记忆库，然后说："这个我给忘了。反正跳水队乒乓球队都拿了很多金牌。"

时遇权心想这个还用你说? 故意又问："既然你说你是 2016 年来的，那 2016 年日本首相是谁?"

危晓低头挠了挠脑袋，抬头尴尬地笑："说出来你可能不信，还是安倍晋三。"

"我信，日本的首相没有连任限制，只要自民党当政，他连续执政十年完全有可能。"时遇权话虽这么说，心里却鄙视地笑，日本有史以来首相任期最长也就七年，安倍能执政十年? 他想了想，问了一个自己最关心的问题，"2016 年《火影》完结了没?"

《火影》名气很大，危晓听说过，自信地给出了确定的答复："完结了。"

"那结局呢?"

《火影》完结的新闻对于危晓而言是被动接收的，她甚至都没有点到详情页去看，所以只好说："我不看漫画，所以我不清楚……但我知道 2011 年日本会大地震，大地震会引起海啸，造成核电站损坏，引发核污染。"

关于东京三十年内必有大震这个说法时遇权听得都耳朵起茧了，在这个地震多发的国家，政府更是毫不避讳，官方发的防灾小册子上都写着类似的话，只不过说地震会引起核污染这个说法还是比较新鲜，这个危晓想象力倒是挺丰富的。

时遇权通过对她的这番问话，更加确认了自己心里的猜测，便伸了个懒腰说："有点饿了，我去给你拿衣服，然后我们去吃饭。"

"你相信我了？"

"相信，你知道那么多未来的事，又知道我的名字，我怎么能不信你呢？"

时遇权说得真诚，危晓却觉得哪里不对劲，看了看手里，时遇权储藏柜的钥匙还在，所以就宽慰自己是她多心了。

时遇权出了温泉之后，却直接扬长而去。

相信一个满嘴胡话的女人？他又不是傻子！这个女人肯定和绪天赐是一伙，他们想玩他？很好，他奉陪到底！中午那盒过期的寿司，他可是加了不少料。现在，就让她在这里等到天荒地老吧。

危晓在温泉等了很久，从天亮等到天黑，周围来来去去的人已经换了好多拨，时遇权还是没有回来，她有些着急，便拿着时遇权的储藏柜钥匙去门口，打开那个柜子之后，里面却是空空如也。

危晓脑子跟柜子一样，瞬间一片空白。

时遇权的柜子是空的？他的东西呢？

她跟工作人员比手画脚地问这个柜子的主人去哪里了，五十多岁的欧巴桑一直朝她摇手，表示听不懂。

她站在旁边观察了一会儿，恍然大悟，这是一个塞硬币就能用的储藏柜，时遇权一定是一开始就用了两个柜子，然后把空的那个柜子的钥匙给她了，他根本就没有相信过她！

危晓气得想哭，她从来不知道，原来时遇权心眼儿这么多，不信她就算了，竟然还把她诓到了温泉里，拿走了衣服，还拿走了她的储藏柜钥匙。储藏柜旁边的告示上写着，如果钥匙丢失，需要赔偿两千日元才可以打开。

现在天快黑了，她没有钱，没有钥匙，没有衣服，她该怎么办？

店门口的风裹着寒意，危晓便走回了温泉，又泡了一回，然后在休息区饥肠辘辘地抱着膝盖发呆。

童话果然都是骗人的。这个时遇权，绝对不是她认识的那个时遇权，那个温文有礼待人宽和的时遇权。是她错了。日本果然是个凶残之地，只用了一天，就蚕食掉了她所有的期待。

她想着想着，找工作人员要了纸和笔，画了几页简笔画，第一页是她的储物柜，侧面可以看见她的包和手机，正面是一把锁，然后画了一把钥匙，圈了个圈，写上"lost"，旁边是她无奈的样子；第二张画了一个打电话的她，还有电话那头的绪天赐，绪天赐旁边写着"friend"，她这边写着"help"；第三张画着绪天赐和她一起站在收银台，绪天赐把钱交给老板。

危晓把这几张画给工作人员看了一下，工作人员跑去问了一下主管，然后就带着工具把她的储藏柜撬开了，她朝她感激道谢，然后拿出手机给绪天赐打电话。

绪天赐说："你怎么跑那儿去了？我现在有事情，能等我一会儿吗？"

"可以可以，实在抱歉，又麻烦你了。"

"你把电话给店员，我跟她沟通一下，让你先吃上饭。"

危晓依言把电话给了工作人员，工作人员"哈伊、哈伊"了几声，然后挂了电话跟危晓笑笑，把她带到休息区，给她上了一份套餐，一碗看上去很清淡的荞麦面，一碟小菜，一杯热的玉米茶。

她不禁感慨，幸好她一来日本就遇到了绪天赐这个小天使，否则境况可能比现在还要悲惨一万倍。

绪天赐挂了危晓的电话之后，把鸡蛋打到茶碗里，加上调料放进微波炉，然后从厨房跑出来，跟坐在门口眼巴巴望着院子门的女孩儿说："亿欢，我饭都做好了，排骨汤在锅里，鸡翅在烤箱里，生菜沙拉在碗里，鸡蛋羹在微波炉里，你自己端出来吃吧，我还有事，先走一步。"

韩亿欢朝他摆了摆手，眼神一刻都没有离开过院门，她压根儿不在意任何人，除了时遇权。

她当初死乞白赖非要来日本留学，她爸怕她吃苦，就先跑过来置办房子，因为市中心没有那么大的地，就买在了都心以西，坐电车到学校单程二十分钟，虽然交通稍微不便那么一点，但她家跟绪家比起来可就大得多，三百多平方米的地，光院子都一百多平方米，铺满了草坪，院墙有两米多高，真正的高门大户，周围一圈种着各地高价买来的高大松柏，房子更是由韩亿欢土豪老爸钦定的高耐震性钢筋铁骨结构，造价是绪天赐家的三倍，为了维持和左邻右舍同样的风格，外墙贴了全实木装饰，楼上楼下一共九个房间，现在只住了两个人。

绪天赐背上背包，然后感叹说："你说说你都气走几个家政阿姨了，你家离学校那么远，我总不能天天过来给你做饭吧。"

韩亿欢不耐烦地说："不想来别来，没谁求着你来。"

绪天赐闻言，脚步一滞，心像被针戳到，没有伤口，却细细密密地疼。他就是贱啊，明明知道韩亿欢不喜欢他，还任由她呼来唤去随叫随到。

挂在院门顶部的风铃叮叮当当一声响，韩亿欢迅速站了起来，往着门口跑去。

韩亿欢极瘦，穿着一套大大的白色睡裙，长长的头发顺直地散在脑后，奔跑起来长裙和头发一起在风中飞扬，就像是个小仙女。

绪天赐曾经天真地以为小天使和小仙女是绝配，所以对她不屈不挠地献殷勤，皇天不负有心人……一年过去了，他成了她的半个保姆。

既然她喜欢的人回来了，他确实也该走了，危晓还在等他呢。

绪天赐落寞地笑笑，背着书包往院门口走去。韩亿欢正拉着门，让外面的人推单车进来。他便正好和时遇权打了个照面。

以往他和时遇权只是点头之交，可是今天时遇权对他却是异样地热情，他跟韩亿欢说："你帮我把车推进去，我和绪老师聊点事。"绪天赐是他和韩亿欢念的日语学校的兼职事务老师，专门面向中国学生，负责处理他们生活上的难题。

韩亿欢以为时遇权终于对自己的追求者有了敏感的敌意，如雀跃的小鸟般推着时遇权的车跑了。

时遇权冷笑："你到底什么时候才会放弃亿欢？"

绪天赐一口气堵在胸口："你是亿欢什么人？她都没有拒绝我，你凭什么让我放弃？"

"就凭我跟她认识十几年而你才认识她几个月。"

"我看得出来，亿欢喜欢你，如果你也喜欢她，我甘愿退出，祝你们幸福，可你明明就不喜欢亿欢，你不觉得你太自私了吗？"

"亿欢是我妹妹，我犯不着跟你解释我跟她之间的感情，我只想问你，找一个欧巴桑缠住我，你想对亿欢做些什么？"

绪天赐莫名其妙："我不懂你什么意思。"

"你还演戏？危晓去找我，你就来找亿欢，这不是你安排好的吗？"

"你也认识危晓？她刚来日本，你怎么会认识她？"绪天赐恍然大悟，"你就是那个长得很像她亡夫的那个人是不是！"

"什么亡夫？我听不懂。"时遇权只觉得气愤，"绪老师，你泄露了我的个人信息，明天我会去学校投诉你。"

绪天赐越发觉得云里雾里，根本不知道他在说什么，刚要解释，时遇权已经走进了院子。绪天赐便打算先去钱汤捞危晓。

时遇权走回屋里，韩亿欢已经把厨房里的菜全都摆上了桌，满满当当一桌子，看上去挺丰盛的，可他没有半点胃口，就说："我今晚作业很多，先上楼了。"

韩亿欢很是失望，跟着他一直到了楼梯："你不吃饭了？"

"在外面吃过了。"时遇权楼梯走到一半掉过头来，"亿欢，尽快再找个家政阿姨，别让绪天赐再来咱们这了。"

"好啊好啊，我明天就找。"韩亿欢非常开心，她的男神终于开始介意她身边的追求者了，看来她离攻下男神已经不远了。

韩亿欢和时遇权从小就认识，时遇权的妈妈是大学音乐系里的教授，也是有名的钢琴家，她从四岁开始就被送到时家学琴，从她恋爱意识苏醒开始就很喜欢时遇权，可时遇权对她一直都是淡淡的，这几年她做了一个女生对男生能表达好感的所有的事，除了表白，但时遇权就是好像什么都不明白的样子。

这次来日本留学也是因为时遇权要过来，她就死乞白赖在家闹，硬生生逼得她爸把美国申请好的学校取消了，把她送到了日本。

绪天赐去钱汤帮危晓买了单，又去隔壁的洗衣店帮她拿了衣服。

走出来之后，他问危晓："你认识时遇权吗？"

"不认识。"危晓现在听到这个名字，只有满心的失落，再没了之前的激动。

"我还以为你在等的人就是他呢……"绪天赐不解地说，"真不知道他抽什么风，非说是我派你去找他，还说我透露了他个人信息给你……"

"等等……你认识时遇权？"

"对啊，我是他们学校的老师。"绪天赐表示自己很冤枉，"虽然我手里有他的全部资料，但我有职业道德，我不可能跟陌生人透露学生个人信息。"

危晓回想起来，早上她去电车站给绪天赐送钱包，绪天赐走了之后时遇权就出来了，看来他看见了她和绪天赐说话。怪不得他今天故意整她，原来还是以为她是在骗他，而关于他的家庭资料他都以为是绪天赐给她的。这事简直太巧了，谁能料到绪天赐是时遇权的老师呢。

她心里一瞬间便原谅了时遇权，毕竟说自己来自未来，听起来完完全全像是天方夜谭。也许她一开始方向就错了，想要让他喜欢上她，起码也要让他觉得她是正常人才行。

绪天赐像个高中生，双手大拇指在胸前勾着书包带，愤愤不平地说："你说气人不气人，他说你是我故意找来恶心他的欧巴桑。"

危晓顿住脚步，义愤填膺地说："妈的这太气人了！"

"就是啊，我怎么可能是那种人！"

危晓一转身，挡在绪天赐身前，踮起脚尖争取和他的头处在同一水平线，双手叉腰愤恨地问："谁是欧巴桑！你看我像欧巴桑吗？"

绪天赐被她凶神恶煞的样子吓了一跳，往后退了两步，心慌慌地说："本来你不像的，可是你现在这个样子……有点像……"其实是很像很像！但是他不敢说。

危晓双脚落地，伤心地往前走去。

是啊，她怎么忘了呢，时遇权八年前爱上的是二十二岁的她啊，那时候她青葱水灵满脸粘手的胶原蛋白，现在呢，就算每周去美容院做脸，也无法阻止法令纹长成富士山的形状。

她竟然幻想时遇权会在一瞬间重新爱上她。还用以前的事不断给他制造压力，像逼婚一样逼他接受她。所以在时遇权看来，她就是一个不自量力想要老牛吃嫩草满口谎话的神经病欧巴桑啊。

危晓忽然就全部原谅了时遇权对她的捉弄，是她错了，是她太贪心，其实只要能一直待在他身边就很好了，至于他会不会喜欢她，又有什么关系呢？

第三章

慢慢靠近

危晓自从知道绪天赐是时遇权的老师之后就变得很淡定，知道他的老巢，他就不可能再突然消失。

时遇权现在上的学校叫浅野日本语，不知道是他后来转校了，还是这学校后来改名了，反正和樱道日本语目前看来是半点关系都没有。

钱汤事件之后的第二天，危晓就跟着绪天赐去了学校。

时遇权一看到她，就冷嘲热讽地说："你不是来自十年后吗？怎么？时光机坏了？回不去了吗？"

危晓望着他，心里很平静："我也觉得自己很荒唐，不过不要紧，都过去了，我以后也不会再说这种谎了。"

"那你今天来找我又是做什么，欧巴桑？"

亲耳听到自己老公口口声声叫自己欧巴桑……危晓咬着牙不让自己的怒气溢出来："绪天赐没有透露你的信息给我，你误会他了，我希望你不要投诉他。"

"终于承认你们是一伙的了。那你说说，你是怎么知道我家庭信息的，欧巴桑？"

危晓忍不住了："能不能别叫我欧巴桑？"

"哦，你听不懂日语是吧？"时遇权勾起唇，欠揍地笑，"那我重新问，你是怎么知道我家庭信息的，大婶？"

"你！……算了算了……"危晓为了不连累绪天赐，就说，"我在他电脑上偷看到的，因为你跟我过世的老公长得特别像，我一时鬼迷心窍，把你当成了我老公，所以渴望知道你的一切，是我错了，请你不要投诉绪天赐。"

"你？老公过世了？怎么过世的？"

"下大雨，在天桥的桥洞里意外溺水……"

时遇权顿时敛了所有表情，悲悯地说："抱歉……"

对面男生充满关切的样子让危晓鼻子一酸，因为这太像她认识的时遇权了，她正要说话，就听见时遇权忽然哈哈大笑起来。

"谎话精，你以为我还会相信你吗！下大雨在城市里还能淹得死人？你能编个靠谱点的死因吗？"

危晓一脸懵逼地看着时遇权，好久之后，叹了口气："随便你怎么想吧，只要你不投诉绪天赐就行。"

"你不让我投诉我就偏要投诉。"

时遇权绕过她就往教务处跑，危晓气得要命，铆足劲追上去，从背后扑到他身上，揪着他的衣领往下一拉，朝里面哈了口气，时遇权整个人像是被人抽走了筋骨一样瘫坐在了地上。

看来虽然他性格爱好都变了不少，软肋倒还是一样。

危晓拍了拍手，蹲在他面前："怎么跟你说好话你就是不听呢，你要是敢投诉绪天赐，我就每天守在你学校门口，每天让你在同学面前瘫这么一下，你觉得好玩不？"

时遇权不可思议地看着危晓，他怕被人哈气这件事除了爸妈根本没人知道，危晓怎么知道的？是巧合吗？

危晓看他一脸呆滞，便捏了捏他的脸："不是叫我大婶吗？那就要听长辈的话，知道吗？"

他竟然不受控制莫名其妙地点了点头。

危晓看目的已经达到，轻快地站了起来，离开了。

危晓在绪天赐家里住着，把院子里的盆景都修剪好之后，又蠢蠢欲动想帮绪天赐家修房子。

绪天赐赶紧让她打消念头："你可千万别，在日本没有建筑师执照，就千万别做建筑师的事，否则会被告。"

作为一个已经黑了一周的资深黑户，危晓从善如流地打消了这个念头："可是我总不能在你家白吃白喝啊。"

"你一定要找到你要找的人再回国？不能回国先补办好签证手续再过来吗？"

"黑户遣返之后有很久都不能来日本，我还是先找到人再说吧。"之前是真的要找时遇权，现在所谓找人只是一个借口。

危晓这个说法无懈可击，绪天赐为难地说："可是你是黑户，没有证件，很不好找工作。"

"我可以打黑工，你帮我介绍吧。"

"打黑工都是脏活累活，你还是别去了。"绪天赐忽然眼前一亮，"我有个朋友在招家政阿姨，她日语不太好，也吃不惯日本菜，要不我介绍你去她那里？你菜做得怎么样？"这一周韩亿欢已经又气走了一个家政阿姨。

危晓脑海里浮现出自己以前做过的黑暗料理，心虚地说："还……行……吧……"

"那我先介绍你过去试试吧。"

"好。"

危晓这段日子在绪家待着，绪天赐已经把日常沟通的基本语教给了她，他估摸着危晓去韩亿欢那里买个菜做个饭还是没什么问题的，就跟韩亿欢约了第二天下午一点带危晓过去面试。

绪天赐和危晓到韩亿欢家里的时候，大小姐还在睡，绪天赐怎么喊她都不起来，他俩只好坐在客厅静静地等。

一直到两点半，韩亿欢才裹着睡袍从楼上下来了，打量了危晓几眼，问绪天赐："她是中国人？"

绪天赐无语地翻了个白眼："我昨天电话里不就告诉过你了嘛。"

"没认真听。"韩亿欢打了个哈欠说，"那就让她去做几个菜试试。"

危晓对韩亿欢第一印象不佳，觉得她傲慢无礼又目中无人。闻言便去了厨房，拉开冰箱，里面食物应有尽有，她昨晚临时抱佛脚"备了课"，所以就在冰箱里找出了青椒、土豆、西红柿、鸡蛋、鸡翅，打算做红焖鸡翅、青椒土豆丝、西红柿蛋汤。然后把打印好的食谱从兜里抽了出来，贴在了冰箱上。

她以为，照本宣科就算做不出来味道，做个样子出来唬唬人一定可以。然而，理想丰满，现实却是骨感。

她在厨房闭关一小时，烟熏火燎眼泪流了一脸之后，青椒土豆丝炒得太过，像一块黏糊糊的土豆饼一样；西红柿切得太大，鸡蛋放得太少，看上去像是鸡蛋水洗番茄；红焖鸡翅这种更高阶的菜死得也更惨，酱油放得太多，稠得像是一盘沥青。

绪天赐在外面催她上菜，她只好破罐子破摔地拿托盘把这两菜一汤端上了餐桌。

韩亿欢本来还拿着筷子充满期待，看到这些东西之后立刻扔了筷子，气势汹汹地吼绪天赐："你怎么回事，我很像猪吗？为什么找个做猪食的阿姨给我！"

绪天赐替危晓说话："也许只是卖相不佳，其实味道不错呢，要不你先试试？"

危晓害怕他们试菜之后有个什么好歹，刚想阻拦，就听韩亿欢吼道："试什么试！这还用试吗？我可不想中毒！你把她给我带走！绪天赐，我以后再也不会相信你！你是不是因为我拒绝你所以故意报复我？"

绪天赐前几天提过，想搬过来照顾她，她倒是喜闻乐见，小公主从小到大身边献殷勤的人从来不缺，她早就已经习惯，但时遇权坚决不同意，所以她只好拒绝。

危晓自己被骂倒没什么，但听到一直维护她的绪天赐被骂，火气就压不住了："韩小姐，我做的菜不好吃是我的事，跟天赐有什么关系？是我骗了他，说我自己会做菜，他是无辜的，请你向他道歉。"

"呵。"韩亿欢用眼角瞥了她一眼，压根儿没搭理她，朝着绪天赐说，"瞧瞧她，一副做错了还有理，咄咄逼人的样子，这种极品你从哪儿找的？"

危晓从进门开始，韩亿欢就用一种高人一等的眼光看她，没有正面和她说过一句话，她心里本来就憋着火，听到这里立马回怼："我极品怎么了？我极品才好配你这种极品啊！"

韩亿欢气得跺了跺脚，冲着绪天赐大喊："她骂我，她竟然骂我，我从小到大，还没有保姆敢骂我呢！"

绪天赐只好跟危晓说："算了，我不该介绍你来这儿的，她脾气不好，你看在她年纪小的分上别跟她计较，我们走吧。"

危晓甩开绪天赐想拉她的手，直接走到韩亿欢面前："装什么高等人，保姆怎么了，你骂保姆保姆就能骂你，你自找的！"

"你给我滚！就算你跪下来求我我都不会请你！"韩亿欢想起来绪天赐说今天来面试的保姆生活有难处，就想用这个来威胁危晓。

偏偏危晓是个吃软不吃硬的主，当即就说："搞笑！就算你跪下来求我我都不想被你雇！"

韩亿欢还从来没被人这么气过，挥手就扫掉了桌上所有的盘子，气得吼声震天："你给我滚！滚！"

忽然门口有个冷冷的声音说："在富士山都能听见我们这里在吵架，到底怎么了？"

韩亿欢立马收起了泼妇姿态，转过头理了理头发，站起来说："阿权，你今天怎么这么早就回来了？"

"今天没有打工。"

"对哦，我给忘了。"韩亿欢好气啊，之前时遇权就因为她对保姆态度不好说过她几次，怎么刚好被他看到她撒泼的一面了呢？最近刚有了点希望，她可不想因此给他留下什么恶劣印象。

绪天赐简单介绍这里刚刚发生过的事："我介绍危晓过来给亿欢当保姆，亿欢嫌危晓做饭不好吃，我们正打算回去。"

危晓一看时遇权竟然住在这里，立马改变了主意，换了张笑脸给韩亿欢："韩小姐，其实是我刚来日本，好多日本的调味品我用得还不太顺手，所以今天失了手，请你多给我几天试用期，我一定会让你满意。"

"这样啊，我就说嘛，天赐介绍过来的人不可能有错。"一看有台阶下，韩亿欢露出一个十分大家闺秀的笑，"那你就先留下来吧。"

两个刚刚还吵得鸡飞狗跳的女人就这样各怀鬼胎地突然讲和了。

危晓愿意留下来，韩亿欢也愿意危晓留下来，绪天赐自然没什么好说，就自己回家了。

时遇权看危晓蹲在地上收拾那些打碎的碗盘，皱了皱眉，什么都没说，径直上楼回了自己卧室。

韩亿欢安排危晓住在二楼最角落的小房间里，然后迅速跑去楼上找时遇权。

她探头探脑地推开时遇权的门，就听见端坐在书桌前奋笔疾书的时遇权说："进来吧。"

韩亿欢吐了吐舌头："你背后长眼睛了吗？"

"你的脚步声我闭着耳朵都能听得出来。找我干什么？"

"想问问你对新保姆印象怎么样？"

时遇权说："我对她印象好不好有什么紧要？反正过不了几天人家就会受不了你的脾气辞职的。"

韩亿欢举手发誓："我这次绝对不挑剔不找事不发脾气。"

"呵呵。"

时遇权一边跟她说话，一边在做 N1 考试模拟题，韩亿欢知道他很忙，不想打扰他，就说："那我出去了。"

韩亿欢走了几步，时遇权回头喊她："亿欢，我听你们班同学说你天天逃课？"他们俩虽然同时来日本，但时遇权有日语基础，所以刚来学校考试分班的时候就被分到了高级班，韩亿欢被分到了零基础班。

"我……也没有天天……"韩亿欢一个月还是有那么几天会去上课的，每次等她在家宅闷了，就会去上课，然后请同学们出去聚餐唱 K 游园，主要目的还是为了玩。

"来日本已经快半年，你还没想好要报什么学校什么专业吗？"时遇权和韩亿欢都是大学毕业之后选择来日本留学，勤奋的同学会在第一年一边学日语一边申请大学院准备考试，比如说时遇权。

"我日语这么差，肯定要到明年才能申请，不用太着急。"韩亿欢本科专业是传媒学，属于文科类院校，想在日本申请大学院要先通过 N1 考试。

"你可以用英语申请啊。你在国内的时候不是已经准备过很长时间的托福考试了吗？"

韩亿欢现在学日语什么状态当初她学英语就是什么状态，不想跟学霸交流学业问题自取其辱，她假装想起什么事似的猛拍自己脑袋："我忘给保姆钱让她去买菜了……"

她一溜烟跑下楼，就看见危晓正在拖地，她冲她"哎"了一声："你去超市买点水果。"

危晓不搭理她，继续拖地。

韩亿欢没办法，才喊道："危……危什么来着？"

"危晓。安危的危，破晓的晓。"危晓皮笑肉不笑地说，"你要是记不住，我就给你写下来，像教小孩儿认字一样贴满整个屋子。"

"不用了，又不是多难记。"韩亿欢想起自己跟时遇权的承诺，下定决心要和危晓好好相处，抽出一张一万日元给她，"买完水果剩下的给你当小费。"

危晓喜出望外："真的吗？"一万日元相当于七百元人民币，买水果能要多少钱，她能剩下不少小费吧，跟着刁蛮大小姐还是有好处的嘛，她应该很快就能发家致富重新当富婆了！

"嗯，我要一个哈密瓜，一个西瓜，三盒樱桃，再买一袋苹果一袋橙子吧，榨果汁，都要日本产的，不要进口的。"

"好的。"危晓接过钱，喜滋滋地问，"超市在哪儿？"

"不远，就在车站旁边。"

危晓刚刚从车站到这里，只转了一个弯，想着应该也不会迷路，就开开心心出门了。

等到了超市一看她就哭了，日本产的西瓜2200一个，哈密瓜2500，樱桃900，苹果和橙子一个150一袋1000，去结账的时候加上消费税一共花了9870，找零130日元。

这就是她的小费，不足人民币10元。

资本主义国家的物价真是猛于虎啊，资本主义国家的人民果然像新闻联播里说的那样生活在水深火热之中啊。

危晓辛辛苦苦把东西扛回家，就看见时遇权正在厨房里找东西，连忙跑过去殷勤地问："你在找什么？我帮你找！"

时遇权看她一眼，越来越琢磨不透这个女人，前几天在学校直接给他撂倒在地，还威胁他，今天见了面，她仿佛把那些事情全都忘记了一样。他想找人打听她的来路，可认识她的人只有绪天赐。所以他今天才默认了韩亿欢留她下来，因为他想看看，这个女人到底葫芦里卖的什么药。

他说："我在找咖啡。"

"咖啡啊……"危晓在厨房里其实只对冰箱比较熟，听他说要咖啡，便把厨房所有柜子都打开了，然后挨个找。

时遇权鄙视地看了她一眼，然后长手一伸，轻车熟路地从冰箱顶上取下那罐咖啡走了出去。

危晓把头埋在柜子里找了一圈都没找到，就说："要不我们还是去问问韩小姐吧。"发现后面没声音，回头一看，厨房里哪还有人影。

她站起来，透过玻璃隔断看到时遇权正端着一杯咖啡在吧台悠闲地喝。一不小心又被这小子耍了一把。

危晓和时遇权认识越深，越发觉得他是一个全新的人，和她印象里截然不同。不过没关系，谁都有年少叛逆的时候，只要再过两年，时遇权一定会成长为曾经那个成熟稳重的他。她一定会包容现在的他，就像他无数次地原谅她的无理取闹一样。

因为有了时遇权，危晓做晚饭的时候极为用心，想起以前时遇权爱吃白斩鸡和地三鲜，就特意从网上查了菜谱，用心地准备食材，然后遵循少量多次的原则，斟酌着往菜里放调料，最后出来的味道虽然还是有点古怪，但比起中午那顿已经是天差地别。

韩亿欢因为有了中午的黑暗料理做对比，对晚上这顿饭十分之满意，就说："明天我想吃牛排，你拿一万日元去超市，剩下的钱算你的小费。"

"你遛我玩呢！那点钱你也好意思叫小费！"危晓气呼呼地说，"你别想再忽悠我了。"水果都那么贵，谁知道牛排会贵成什么鬼样子。

韩亿欢见危晓生气，笑得特别开心："你是不是以为日本物价和国内物价一样呢？"

危晓瞪她："反正我上过一次当绝对不会再上第二次。"

"好啦好啦，我今天心情好，明天你就买新西兰进口的牛排吧，和牛我也吃腻了。"

危晓今天在超市已经大概对物价有了了解，新西兰进口的牛肉价格大概是和牛的三分之一，这买卖不亏，她便露出了笑脸："谢谢韩小姐，我会好好做的。"

整个用餐过程，时遇权一句话都没说，安安静静吃完，然后就要上楼。

韩亿欢喊他："阿权，你等会再回房间，我想让危晓帮我们把床单被套都换一下。"上一个阿姨走了有三天了，她真是难以忍受一个床单睡了三天。

时遇权便停下了脚步，走去客厅打开电视，他看电视一般都是看新闻，练听力。

危晓捧着干净的床单被套跟在韩亿欢后面上楼，二楼一共三间卧室，全部都是朝阳，朝北的那面有健身房、影音室和多功能房间，韩亿欢告诉她，再往楼上走是一个露台。

她一边换床单，一边和韩亿欢聊天。

"韩小姐，你和时遇权什么关系啊？"这问题从她见到时遇权在这里出现起就很想问了。

"我爸妈跟他爸妈是好朋友，我们两家是世交。"

危晓奇怪："那我怎么没听说过你？"

韩亿欢没太听清她在小声嘟囔什么，回头看她："嗯？"

危晓赶紧摇手："没事没事。"

她突然发现，她对时遇权的朋友知之甚少，她甚至不知道时遇权最好的哥们儿是谁。从她认识时遇权开始，他就每天宅在家里写写画画，她经常不在家，他偶尔让她一起跟朋友聚会她总是以没时间为由拒绝，久而久之他就不再邀她。所以她以前从来都没听说过时遇权还有个世交家的朋友叫韩亿欢。

危晓感到内疚，从前她对时遇权真的只知索取不知回报，她就是个人渣！

时遇权的房间在韩亿欢的隔壁，危晓一走进去，就觉得时遇权在审美上倒是没有改变，这和他们恋爱时他在北京的单身公寓如出一辙，黑白灰的色调，简洁到不能更简洁的家具，书桌上一尘不染干干净净，书架上的书分门别类整整齐齐，整个房间都充满了一种主人有洁癖的宣告。

她把时遇权的深灰色床单扯下来，韩亿欢就蹦了过来："我帮你。"

危晓怪怪地看韩亿欢一眼："你帮我？"

韩亿欢有些别扭："你这人怎么这样，好心没好报，不帮了！"她恼羞成怒地下了楼。

房间里只剩下危晓一个人。她换好床单被套之后坐在时遇权的床上，手指轻轻滑过床单，纯棉的触感柔软而绵密，不知道时遇权睡在她亲手换的床单上，会不会做到有她的梦。

门外传来轻轻的脚步声，危晓赶紧站起来抱起脏的床单被套准备出去，上来的却还是韩亿欢。

"危晓，我想喝果汁。"

"马上就来。"

"危晓，你会榨果汁吗？"

"十分钟之后就会了。"

"……你什么都不会，跑日本来干啥啊？"

"好吃懒做，给日本政府添麻烦，拖垮日本 GDP。"

"……"

韩亿欢之前的家政阿姨都是日本人，她们都恪守雇佣本分，基本不和她聊天，就算聊天，韩亿欢的日语水平也只能勉强聊聊天气，时遇权又不爱说话，韩亿欢常常憋得只能跟国内朋友打电话来说话。现在遇到一个中国人，尽管又凶又蛮横，但她还是乐于跟她聊天，就一直缠着危晓说东说西。

危晓榨果汁的时候，她也跟在旁边，等危晓摁下开关之后，两人一起往厨房外疯跑，然后扒在厨房的门框上观察榨汁机，榨汁机忽然"轰轰轰"地开始工作，她俩又抱头"哇哇"逃窜。

时遇权十分无语："榨个果汁而已，又不是试验炸弹，至于吗？"

韩亿欢嘟着嘴撒娇："没用过榨汁机，人家害怕嘛。"

时遇权瞥危晓一眼："大婶，亿欢从小在家不做家务就罢了，你这把年纪不会也没用过吧？"

听到大婶两个字，危晓翻了个白眼："我用过，我陪着韩小姐玩儿不行吗？你看看韩小姐多开心。"

韩亿欢感觉自己智商受到了侮辱，不高兴了："合着你说榨汁机会爆炸是骗我的啊？"

危晓朝她眯着眼睛但笑不语。

韩亿欢不满地嗷嗷叫："扣工资！我要扣你工资！"

厨房的响声渐渐消失，果汁榨好了，危晓走进去端果汁。

时遇权对韩亿欢说："你去帮我把我房间的辞典拿下来。"

韩亿欢欢快地跑走了，危晓端着托盘从厨房走出来，时遇权拿起一杯果汁，冷冷地盯着危晓："说吧，你到底有什么目的。"

"我能有什么目的啊，走投无路找份工打，恰好就找到这儿来了，仅此而已。"危晓过来应聘之前都不知道时遇权在这里，这番话说得十分坦荡。

时遇权从她的表情里看不出破绽，便说："行，你和绪天赐想玩的话，我奉陪到底。"

"我已经跟你说过很多遍，我只是认错了人，和绪天赐没有任何关系，你放心，我以后再也不会跟你说奇奇怪怪的话，我只想好好工作，有个安身立命之所。"

时遇权看她说得真诚，便端着杯子离开了。他就不信她在他眼皮子底下能耍出什么花样，来日方长，如果她真有什么企图，总会露出破绽。

韩亿欢从楼上跑了下来，把那本厚得要命的大辞林交给时遇权，摇着他的手说："阿权，你帮我补习补习日语吧，快阶段考了。"

时遇权语气中带了几分戏谑："每天不上课的人还在乎阶段考？嗯？"

韩亿欢心虚地笑："我不上课是因为我早起困难，但我每天在家还是有自学的，就是有些发音我拿不准。"

"那好吧，我教你。"时遇权早就看不惯韩亿欢天天这样浪费光阴。

危晓一听来了兴趣："我可以旁听吗？"天天在外面跟人连比画带猜，她早就已经筋疲力尽，想长期留在日本，还是要学习日语才行。

韩亿欢眼睛一瞪，她才不想被危晓破坏她和时遇权的独处机会，于是偷偷观察了一下时遇权的脸色，好像他对这个主意并不赞同的样子，便说："不行，我学习的时候不喜欢被人打扰。"

危晓本来就不指望一直对她有偏见的时遇权会同意，所以并不坚持，默默地去收拾厨房。

于是韩亿欢和时遇权就上楼上课，时遇权先了解了一下韩亿欢的学习进度，十分地头疼，她对语法一窍不通，只好先从单词教起，可她根本不好好听课，缠着他说些有的没的。时遇权只好采取暴力教学法，举着一本卷起来的杂志，教她背单词，背错就要敲一下她脑袋。

半小时之后，时遇权的手都敲酸了，十分恨铁不成钢地说："合着い形形容词你就记得一个寂しい（寂寞的）?！每天在家自学就学了一个词？"

"我还记得美味しい（好吃的）！"

时遇权气到无语："我再给你半小时，这一页常用形容词如果你背不下来，明天我就打电话给你爸，让他把你抓回去，你继续待在日本简直就是浪费时间！"

"我要是走了你多寂しい啊。"韩亿欢眨巴着眼睛卖萌，又可怜兮兮地保证，"我会好好学习，你别生气了。"

时遇权靠在椅子上，十分地绝望，以韩亿欢的学习态度，想让她一年之内过 N1，简直一点儿可能性都没有。能有什么办法，让亿欢提高学习积极性呢？

时遇权给韩亿欢补习了两个小时，回到自己房间已经十二点，他自己的学习任务还没有完成，便去冲了杯咖啡然后抽出了 N1 模拟试卷。

做完这套试卷已经一点半，他伸了个懒腰，准备去洗漱睡觉，发现楼下的灯光还在亮着，他好奇地走到楼梯边，朝下看去，就看见危晓正坐在沙发前的地毯上，摇头晃脑地在背单词。

"さびしい（寂寞的）——傻逼都是寂寞的——萨比洗衣！"

"おおきい（大的）——嗷嗷嗷真大——嗷嗷 ki！"

"がくせい（学生）——尴尬到哭的学生——噶库塞！"

时遇权嘴角抽了抽，这发音真是绝了，让他想起了小学刚学英语时同桌课本上的"狗头猫脸"和"三克油"。但是不得不说，这种背单词的方法挺妙，联想记忆法也挺适合韩亿欢这种不爱动脑子的人，于是灵光一闪，想到了一个好主意。

于是第二天晚上吃完晚餐，时遇权便对危晓说："你还想学日语吗？"

危晓拼命点头。

等时遇权把危晓带到书房的时候，韩亿欢傻眼了："为什么带她来？"

时遇权说："我觉得教你没有成就感，危晓比你看起来更聪明，我想让自己的付出更有意义。"

"怎么可能！"韩亿欢暴躁得想挠墙，"我绝对不会输给危晓。"

"那就试试看吧。"时遇权看到韩亿欢气急败坏的样子，就知道这招有用，便说，"我每天晚上给你们讲课答疑，白天给你们布置学习任务，每周考一次试，谁要是输了，下一周所有家务活谁包了。"

韩亿欢坚决反对："凭什么！她可是我花钱雇来的！"

"你不是很自信不会输给危晓吗？"时遇权故意看了看危晓，然后刺激韩亿欢，"亿欢，你要是输给一个智力和记忆力都在衰退阶段的大婶，我真的会瞧不起你。"

危晓本来还挺开心的，蹭小公主的课上，还有机会让小公主帮她干活，简直飞来横福啊。

听到时遇权的话，当即满头黑线，恶狠狠地说："时遇权，你给我记着你今天说过的话，我会让你知道，一个智力和记忆力都在衰退的大婶爆发力有多强！"

从那天之后，每天时遇权出门之前会把当天的学习任务贴在冰箱上，然后晚上回来验收学习成果。

韩亿欢虽然没怎么去学校上课，但好歹有些基础，危晓从五十音图开始就是自学，有很多误区都需要纠正，所以一开始两周，每次都是韩亿欢胜出，而且还是以大分差胜出，她便开始放纵自己，却忘了骄兵必败。

第三个周日的晚上，时遇权批完两人的卷子之后，就怒其不争地看了一眼韩亿欢。

韩亿欢心头一紧："你这眼神什么意思？好像我输了一样。"

"你自己看。"

韩亿欢赶紧把卷子拉了过来，就看见她的分数是 19，危晓竟然是满分，20！

"一共 20 个单词，都是初级教材上册的词汇。"时遇权失望地摇了摇头，"看样子明天要吃你做的饭了，我还是在外面买便当吧。"

韩亿欢沉浸在自己竟然输掉的悲痛情绪里，危晓骄傲地看着时遇权，等着他夸她。

结果他却轻描淡写地说："大婶，恭喜你，用勤奋弥补了年龄的鸿沟。"

危晓暴躁地握拳："能不能别叫我大婶！我哪有那么老，我明明跟你看着就像是同龄人……"

"你当我眼瞎啊？你和我是同龄人？"时遇权嗤笑，换了个话题，"最近绪天赐怎么都没来？"没他在韩亿欢身边打转，他都要不习惯了。

危晓回答："他陪他爸看地呢，说要自己买地盖房子。"

说起来，时遇权对绪天赐本来没有敌意，绪天赐向韩亿欢示好之后，他就去打听了一下，才知道绪天赐的前几个女朋友都是很有钱的女孩儿，而且总是在一起没多久就分手。他便以为绪天赐冲着亿欢的家境，怕他伤害亿欢。亿欢在东京就只有他一个朋友，他不护着亿欢谁护着。

韩亿欢被危晓打击得一蹶不振，又被时遇权狠狠刺激了一顿，意志消沉了好几天。

时遇权本以为亿欢会知耻然后勇，没想到她索性破罐子破摔了，单方面宣布学习竞赛结束，返回了从前不学无术的状态，睡到日上三竿，然后刷动漫玩游戏，深夜才睡，周而复始。

只有危晓还在坚持完成时遇权每天的学习任务，慢慢过了一个月之后，危晓简单的日常交流基本都很流畅了。

时遇权恨铁不成钢，可拿韩亿欢一点儿办法都没有，索性不管她了，眼不见心不烦，每天把自己的时间排得很满，早出晚归。他没想到，过了几天之后，他竟然在学校碰见了危晓。

危晓背着亿欢的书包，穿着亿欢的衣服，出现在初级班的教室里。

"你真的是韩亿欢？"老师狐疑地看着危晓，"我记得韩桑以前脸不是这个样子的。"

危晓从容淡定地说："我们中国有一句话，叫女大十八变，老师，你都半年没见我了，认不出我也是很正常的。"

班上的同学纷纷附和，说这就是韩桑，完全没错。

老师的点名册只有姓名，没有照片，于是就这么被危晓和助攻的同学糊弄过去了。

时遇权瞠目结舌，看来小丫头时不时请这帮同学浪一浪没有白请，这掩护打得真好。他看着危晓去韩亿欢的座位上坐下，皱了皱眉，离开了。

放学的时候他在教学楼下等，人都基本走光了，危晓才慢腾腾地走了出来。

她看见时遇权之后马上说："我知道你要问什么，亿欢的出勤率太低，学校给她下了通知，如果她不尽快将出勤率提上来，就会开除她，所以她让我来帮她上课。"

时遇权真是对韩亿欢无话可说，她竟然已经懒到让人替她上课的程度，他不明白既然一点都不想学日语，她还待在东京做什么？

回到家，时遇权便去找韩亿欢，危晓去厨房做饭，过了会儿就看见韩亿欢从楼上跑了下来，她看上去很沮丧，嘴角都快耷拉到地上。

危晓知道时遇权肯定训过她了，韩亿欢虽然任性，但在危晓的眼里还是个孩子，她不想戳她伤疤，便故意换了话题："亿欢，今天超市有很新鲜的虾，我买了好多，你想吃白灼的还是油焖的？"

韩亿欢眼皮抬都没抬，没精打采地说："随便。"时遇权刚刚很凶地骂了她一顿，最后说她还不如危晓，她现在觉得她可能真的不如危晓，至少危晓只用了几个礼拜的时间就精通了八大菜系，可她……

危晓本来准备讲几个笑话逗逗她开心，却看见时遇权也从楼上下来了，便回了厨房。他们之间的矛盾还是自己解决比较好。

韩亿欢听见身后的脚步声，却立刻站起来，往院子里走去。

已是黄昏时分，远处天边淡淡的橙色光晕甚是温暖，韩亿欢却抱紧了自己的双臂，她觉得很孤独，她跟在时遇权身后走了这么久，他却从未想要跟她一起走下去。她难过的其实不是时遇权骂她，而是时遇权对她的态度，永远都是大人对小孩儿，要么狠要么哄。

他像是一块焐不热的石头，一块又酷又冷的石头。他是真的不明白她的心意还是一直在逃避？

时遇权慢慢走到亿欢身边，语气已经柔和了不少："我希望你能听我的话，尽快回国。"

呵呵，是把她当小孩儿没错了，刚给了一棍棒，现在又来喂甜枣。韩亿欢很反感地冷笑："你是我什么人，我凭什么听你的话？你尽管给我爸打电话好了，我长这么大我爸从来没有逼过我做什么事情，如果我不想回国，他不会逼我。"

"可你这样就是在浪费青春，是对你人生的不负责任！"

韩亿欢垂下头，语气至轻，仿佛在说一个不可能的梦："为了你，我愿意浪费整个青春。"

时遇权走近两步，侧耳倾听："你刚说什么？我没听见。"

韩亿欢摇摇头，她没有勇气跟他表白，如果戳破这层窗户纸，就没有了退路。她害怕会被拒绝，害怕他连一点点希望都不给她，害怕从此以后只是陌路。

时遇权便很严肃地把话题转了回来："确实，你说的都对，你爸很宠你，我也没资格管你，但我不能眼睁睁看你这样一直自甘堕落，如果你不去学校上课也不回国的话，我就搬出去，反正你已经有危晓照顾。"

"不行。"韩亿欢急了，"我不许你走！"

"我没资格管你，你又有什么资格管我？亿欢，从前我只觉得你有点小任性小懒惰，但骨子里还是一个上进的姑娘，没想到你跟那些无所事事混吃等死的富二代一样，不思进取浑浑噩噩，我对你很失望。"

时遇权向来是个行动派，说完就往屋里走去，他打算找中介尽快租房子，尽管韩亿欢这里什么都有，住得也很舒适，但他实在忍受不了她这样浪费自己的生命他却只能袖手旁观。

韩亿欢在院子里，咬着嘴唇，快要哭出来了。

她是真的不想去上课，她来日本完完全全就是为了时遇权，她对于学日语一点儿兴趣都没有，她也确实如时遇权所说，从来没有考虑过以后，反正她有一个无所不能的爸爸，不管她作成什么样都有她爸替她买单，人生对于她来说并不艰难，吃喝玩乐本来就是主旋律。她想跟自己喜欢的人在一起，难道有错吗？

时遇权说对她很失望，她从小暗恋到大的人说对她很失望。

韩亿欢觉得很难过，她很想告诉时遇权，她为了他已经努力了多久，如果不是因为他，她学钢琴不会坚持十几年，她不会努力学习只为了跟他考同一所大学，只是她的努力一直没有回应，所以她已经有些累了，才会对他的强压态度如此抵触。她需要的是他的鼓励，是他的肯定，然而他全然不顾她的心情。

算了，算了。

韩亿欢重重地吐出了一口气，慢慢走出了院子。

第四章

你到底是谁

危晓一直等到七点半，餐厅里还是空无一人，知道楼上那两人刚闹过不愉快，可能都憋在房间里耍小脾气，便故意站在楼梯口大喊："到底还吃不吃饭啊你们？我今天做了白灼大虾和蟹肉粥，你们要是不吃我可要全吃完了！"

过了一会儿，时遇权从楼上下来了，危晓问他："亿欢呢？"

"她不在院子里吗？"

危晓又回头看了一眼，确认道："不在啊！"

"那她可能在房间睡觉吧。"时遇权觉得刚吵完架跟韩亿欢见面会有些尴尬，就说，"你留一点儿粥，等她醒了自己会吃的。"

危晓有点担心："她今天好像心情不太好，我还是上楼看看她。"

危晓跟下楼的时遇权错肩而过，径直走向了韩亿欢的房间，可是敲了好久的门，里面都没有人回应，她便轻轻推开了门，发现里面一片漆黑，她打开了灯，韩亿欢的钱包和手机都在沙发上，可是房间里空无一人。

她慌忙跑下楼，跟时遇权说："亿欢不见了。"

"不见了？什么叫不见了？"

危晓急了："你今天到底跟她说了什么？她以前从来不会这样的，她日语不好，平时一个人都不愿意出门，现在手机和钱包都没带，她能去哪儿？"

"我没说什么。"时遇权觉得自己说的那些都没有说错，而且语气也不算重，不至于会刺激到韩亿欢离家出走。

危晓毕竟比他们大几岁，一眼就看穿了事实的真相："你一定骂她浪费时间浪费生命了是不是？时遇权，你不觉得你这个人太自以为是了吗？你一听亿欢不去上学就觉得她肯定在家玩游戏睡觉对不对？可是她并没有！"

"那她在家做什么？"

"她在练琴，下个月她要回国参加一个钢琴比赛。"危晓痛心疾首地说，"你还说你们认识了十几年亲如兄妹，其实你一点儿都不了解她，也一点儿都不关心她，你总是理所当然地认为自己的人生观才最正确，你总是觉得她还小、很糊涂需要有你来指点方向，可她并不小了，她不是个孩子，她有她自己的想法！"

时遇权被危晓骂得一愣一愣，他想反驳危晓，可又无言以对，她骂得都对，他对亿欢总像老师对学生那样，他觉得亿欢不够成熟，想法很幼稚，所以需要他来指导来鞭策来保护，可他忘了，其实亿欢也只比他小一岁而已，亿欢是个大人了，他不应该自以为是地对她说教。

他心里涌起强烈的愧疚，拿起手机就冲出了门，亿欢一定是很伤心才离家出走的，他要快点把她找回来。

危晓立刻解了围裙，跟了上去。

两人在家附近的街道找了好几圈，都没有看见韩亿欢。

时遇权焦灼地说："天这么晚了，亿欢会去哪儿呢？"

危晓灵光一闪："给绪天赐打个电话吧，没准儿亿欢去找他了呢？"

听到绪天赐的名字，时遇权皱了皱眉，但考虑到确实有这种可能性，还是打了这个电话。

绪天赐在电话那头一听韩亿欢失踪，便心急如焚："她没来找我，你们去附近的咖啡馆看看，她没带钱应该走不远，我现在就过去。"

等绪天赐赶到的时候，已经晚上九点半，时遇权和危晓还是没有找到韩亿欢。

看着俩男人愁眉苦脸的样子，危晓安慰道："也许亿欢只是想一个人静一静，等她心情平复了自然就会回家，我们不要自己吓自己。"

绪天赐紧皱着眉头问："亿欢到底为什么离家出走？白天她还给我打电话，说想去京都看红叶，让我帮她订旅馆，怎么会突然心情不好？"

时遇权自责不已："都是我不好，是我对她太苛刻了。"

绪天赐冲上前，一把推得时遇权往后趔趄了几步："我就猜到是你，你到底凭什么天天干涉亿欢的生活，你凭什么管她！你又不是救世主，就算你是，亿欢也不需要你拯救！"

危晓连忙隔开两人："先别吵吵了，找人要紧。"

绪天赐指着时遇权：“如果亿欢出什么事，我一定不会放过你。”

时遇权一言不发，眼神里全是愧疚，他十分后悔，可是现在后悔又有什么用？他忽然想起来亿欢小时候，只要心情不好就会躲到树林里去，每次他去找她，她还会逞强说自己是在树林里采蘑菇。

离他们住的这儿最近的有树林的地方就是代代木公园了，时遇权立刻对危晓说：“你回家去等，也许亿欢冷静够了真的会自己回家，我去代代木公园看看。”

绪天赐冷笑：“你去做什么？继续刺激亿欢吗？我过去找她。”

“这是我和亿欢之间的事，与你无关。”

“时遇权，我忍你很久了，如果你不喜欢亿欢，请你不要跟她玩暧昧，你这个样子真的又自私又无耻，你想霸占她的人生，却又不想负责。”

时遇权不悦地看着他：“我和亿欢从小一起长大，不要用你肮脏的心来揣度我们的感情。”

“你装得不累吗？亿欢要是不喜欢你，她来日本干什么？她来了这么久开心过吗？你真的很自私，屏蔽所有你不愿意承认的事实，连认真想一想都不肯。”绪天赐推开时遇权，往停车场那边走，“我找到她会安顿好她，我希望你也能冷静冷静，考虑考虑你和她之间的关系，如果你喜欢她，我愿意退出成全她的幸福，但如果你不喜欢她，请你不要再束缚她，让别人可以走进她的世界。”

绪天赐说完，上车开车走了。

时遇权回头看危晓，皱着眉头："他是不是疯了？亿欢怎么会喜欢我？"

危晓苦笑，她当然看得出来亿欢喜欢时遇权，可是这种事情，要她怎么告诉自己的老公？

时遇权嘟囔了一句"有毛病"，然后朝着电车站跑了过去。

如果时遇权跟她没有关系，危晓会觉得刚刚的画面很青春很美好，唤醒了她久违的少女心。两个一米八几的阳光少年为了心爱的女孩儿对峙，那是只有懵懂年少才有的冲动和激情。她早就忘了二十岁左右的自己对待恋爱是个什么样的心态了，在这一刻，她不得不承认，跟他们比，她确实是个大婶，一个内心早就被现实蹂躏过千万遍的大婶。

这就是爱情吧。不带一点儿附加条件，只因为那个人是她就奋不顾身，可爱又热血的爱情。

她曾经也拥有过这样的爱情，可是后来呢？

后来她嫌弃他不知上进，嫌弃他浪费天赋，嫌弃他和她三观不一。

危晓像是忽然被人扼住了喉咙，快要喘不过气来。

现在时遇权对韩亿欢的态度，不就是当初她对时遇权的态度吗？她现在可以大义凛然地指责时遇权自以为是，不懂得尊重韩亿欢，不关心韩亿欢，为什么不曾想过强行要求时遇权与她同步人生观的自己多么地面目可憎？

她确实真的一点儿都不关心时遇权，时至今日，她连时遇权的漫画在哪个杂志连载都不知道，她甚至不知道他那个未画完的漫画男女主角叫什么。

危晓啊危晓，你真是个蠢货。

她忽然觉得很难过，因为那时的时遇权和现在的韩亿欢简直一模一样，他又和韩亿欢青梅竹马两小无猜，因为亿欢失踪万分紧张，会不会在日本的时候他们两个其实是一对？

心像坠了千斤石，她一步一步地往回走，路过小公园的时候，忽然看见儿童游乐区的沙坑里，有个很像韩亿欢的身影。

危晓慢慢走过去，离得近了之后她确定这就是韩亿欢没有错，因为她脚上穿的拖鞋正是她买回来的灰棕格子图案，当时韩亿欢还吐槽她大婶品位买的东西都好土。

"亿欢，你在干吗？"

韩亿欢被吓了一跳，抬起头来，看见是危晓，就献宝一样把手上托着的东西举了起来，那是一只小奶猫，比老鼠还小的小奶猫。

"它刚刚卡在那个洞里，我好不容易才把它救出来。"

危晓顺着韩亿欢指的方向看过去，那是公园卫生间的屏风墙上的镂空。"你一直在这公园？"她刚刚和时遇权来过这公园好几趟，并没有看见亿欢。

亿欢"嗯"了一声，淡淡地说："我看见你们了，然后躲了起来。"

"时遇权和绪天赐都去代代木公园找你了。"

亿欢把手缩回来，轻轻摸着小猫的头，仿佛与自己无关似的"哦"了一声。

见她这么低落，危晓也不想刺激她，就伸过手去摸那只小猫，这只小猫长得跟饺子有几分相像，通体雪白，只是两只眼睛都是蓝色，看上去比饺子可爱得多。

"你要收养它吗？"

韩亿欢摇了摇头："我连自己都照顾不好，怎么照顾它，而且没准儿过不了多久就要回国了，我不想让它成为被人遗弃的流浪猫。"

"那我们帮它在公园里搭个窝吧。"

"好啊！"

"你在这儿等我，我回去拿东西。"

危晓回家取了一个纸盒子，一件雨衣，一条毛巾毯，又去超市买了小奶瓶和幼猫奶粉，冲好了带过来。把纸盒子侧面朝地，开口做成门的样子，把雨衣用透明胶布缠在纸盒上，再在纸盒里面垫上毛巾毯，猫窝便做好了。

韩亿欢把小猫放到毛巾毯上，然后拿着奶瓶喂它喝奶。小猫吮吸得很快很快，一看就是饿了很久的样子。

危晓看韩亿欢眼神里满是怜爱和喜欢，就说："你带回去养吧，我帮你照顾。"正好她也很想饺子。

韩亿欢却叹了口气："坦白告诉你吧，我不养是因为阿权不喜欢猫，虽然我刚刚已经下定决心从今往后再也不要被他的喜好所束缚，可我还是做不到，喜欢一个人太久就有了惯性，想刹车也刹不住，真可悲。"

危晓的心像是挂钟钟摆被人踢了一脚，左右摇摆不定，混乱得很。韩亿欢成了她的情敌，可她现在这副脆弱又无助的样子却让她无法将她当作情敌来看。

更重要的是，在时遇权的人生里，如果论起先来后到，她根本就没有立场去和韩亿欢争。

　　时遇权不喜欢猫，后来却那么爱饺子，难道是因为他很爱亿欢？

　　如果真的是，那她该怎么办？

　　危晓心直直往下坠，可现在不是失落的时候，她只好安慰自己，哪个男人没几个前女友呢，就算再怎么爱，最后还不是娶了她，她才是时遇权最爱的女人，又何必在此时急着和韩亿欢争个高低？

　　她努力想把自己的心态调整好，却听见韩亿欢问她：

　　"危晓，你说阿权为什么不喜欢我呢？"

　　危晓快把牙咬碎了，她做不到心平气和跟别的女人讨论时遇权爱不爱她，绝对做不到，便骤然起身："忘了跟他们说我已经找到你了，我现在回去打电话。"

　　"不用打电话了，我过去找他。"韩亿欢的笑容看上去很惨白，"我刚来日本的时候，就缠着阿权，让他带我去代代木公园，看看莉香第一次吻完治的地方，可他总是特别忙，后来我就自己去了，那个地方和电视里看上去一模一样，一模一样的树，一模一样的广场，我站在那个交叉线的中心点，当时就想要跟他一起再去一次，现在就去实现这个愿望吧。也许有了告别仪式，感情能说收就收呢。"

　　"你要放弃了？"

　　"没错，我要放弃了。"韩亿欢觉得是时候做个了结了，从小到大她都是被捧在手心里的小公主，为了时遇权委屈到了这个份儿上，已经足够。

太好了，只要韩亿欢放弃，时遇权就不会属于别的女人了。

危晓身心轻松地说："我陪你一起去。"太晚了让韩亿欢一个人出门她有点儿不放心。

"好。"

于是等小奶猫喝完了一瓶奶，趴在毛巾毯上睡着了，危晓便陪韩亿欢回家换了衣服，然后一起打车去了代代木公园。

深夜的代代木公园一片寂静，大片大片的树林笼罩在夜色薄雾当中，游人很少，只有间歇的鸟叫声和风拂过树叶沙沙作响的声音，韩亿欢进了公园便给时遇权发了消息，让他去《东京爱情故事》里面那个广场等她。

危晓也通知了绪天赐，很快他们便相聚在了那个广场。

四个人面面相觑，气氛一时十分尴尬。

危晓便咳嗽了一声，然后拉着绪天赐说："陪我去买点喝的。"

"我不去!"绪天赐恶狠狠地盯着时遇权，十分防备的样子。

危晓拽住他的胳膊，突然发力，不由分说把他拉走了。

到了自动贩卖机旁边，危晓问绪天赐要喝什么，绪天赐眼睛还在望着广场的方向，没好气地说："我什么都不想喝!"

危晓便对着可乐一连点了四下，贩卖机"咕咚""咕咚"滚了四瓶可乐下来，她扔一瓶给绪天赐，然后说："你放心吧，他们俩不会在一起。"

"你怎么知道?"

危晓故作神秘："我猜的。"

绪天赐刚刚亮起的眼神又黯淡下来："我觉得自己很坏，喜欢一个人应该盼望着她幸福，可我却很自私地希望她不被时遇权接受，很自私地希望她能给我一个机会。"

"这怎么能叫坏呢？爱本来就是自私的。"

绪天赐久久沉默，心情十分复杂："也不知道他俩谈得怎么样了。"

危晓看着天空，繁星闪耀，她好像很久都没有看到过星星了，自从开了公司之后每天都忙得脚不沾地，她给员工开会的时候总会强调这种充实才是人生的意义，可是现在停了下来，慢慢体会生活，好像也很不错。

记得曾经有人说过，人生没有对错之分，只有左右之分。大约就是这个意思了吧！一心追求事业创造价值值得被歌颂，但细心去发现生活中点滴的美也不该被鄙视。

而此时在广场上，韩亿欢已经笑了。

因为时遇权跟她说："亿欢，以后我不会再把你当小孩儿，不会再把你当作妹妹管，我会把你当作一个大人，你想做什么，想怎么做都是你的自由，我会给你支持和鼓励，但我不会再干涉你的决定。"

"真的吗？现在在你眼里，我真的不再是妹妹了吗？"对于韩亿欢来说，这简直是喜从天降，她和时遇权的关系终于有了突破，就在她想要放弃的时候，这应该就叫柳暗花明吧。

"你本来就不是我妹妹啊。"时遇权笑着摸摸她的头，"再说了，我怎么会有你这么懒的妹妹。"

"我才不懒！"韩亿欢举起自己的手，"我每天练琴练得手都快磨破了。"

"你很喜欢钢琴吗？"

"也不是。"韩亿欢犹豫要不要将去参加钢琴比赛的真实目的说出来。

"亿欢,人生短暂,你要是有喜欢的事,就一定要坚持,为了你喜欢的事情去努力,不要等有一天错过了机会后悔。"时遇权说完失笑,不好意思地挠挠头发,"好像又变成我在说教了,哎!我以后会控制的。"

韩亿欢被他的笑容鼓励,勇敢地说出了真心话:"其实我想当歌手,这次的钢琴比赛是唱片公司赞助的,所以如果我能获奖,就有机会出唱片。"

时遇权讶然:"我怎么从来都没听说过你有这个想法?"

"因为你和我爸一样,一定会觉得当歌手是不切实际不靠谱的梦想,你们都会找出各种各样的理由来反对。"韩亿欢的爸爸虽然很宠她,但更想保护好她,不希望她进娱乐圈吃苦受罪。

时遇权皱起眉头,亿欢说得没错,他能接受亿欢继续去音乐学院进修,但不能接受她向往浮华的演艺圈。对于女孩子来说,那个圈子到处都是旋涡,一不小心可能就会被席卷进去。

看到韩亿欢小心翼翼观察他的样子,时遇权便笑着说:"其实对于我爸妈来说,我来日本跟你想当歌手差不多,所以我们俩彼此彼此。"

"那倒是。"韩亿欢知道,他来日本之前跟家里闹翻了,他爸妈希望他去美国继续读物理学,可他偏偏要放弃本科的专业,要改行当动画导演。

时遇权拍拍她的肩膀:"我们一起努力吧!"他决定选择相信亿欢,相信她有实力,相信她有能力。

韩亿欢像是漏气的气球又被吹满了气，整个人都要飘起来了，一张小脸涨得通红，可终究还是没有勇气把"喜欢"两个字说出口，憋了半天之后假意朝远方张望："危晓和绪天赐怎么还不回来？"

提起绪天赐，时遇权刚松开的眉头又皱了起来，从今天晚上绪天赐的反应来看，他是真的很在意亿欢，那种因为紧张而产生的愤怒骗不了人，难道一直以来是他误解绪天赐了？看来以后，他应该少一点偏见去看绪天赐，如果他人品不错，撮合他和亿欢未尝不可。

危晓看时间差不多了，就拿着可乐和绪天赐一起往广场走，快到的时候，她忽然问绪天赐："莉香完治是谁？"

绪天赐一副看外星人的样子看她："不会吧，你连《东京爱情故事》都不知道？"

危晓一脸无辜："我应该知道吗？"

"《东京爱情故事》是十几年前的一部电视剧，好像是1991年吧，当时火爆亚洲，很多人都留莉香和完治的发型，你竟然不知道？"

"91年我还是个孩子呢，那时候我只看动画片。"

绪天赐震惊脸："你不是逗我吧？91年你是个孩子？是不是我对孩子这个词的理解又没有跟上时代的发展？"

危晓自知失言，忙说："咳咳，我发育得比较晚。"

韩亿欢迎了上来，从她手中接过可乐，打开喝了一口，脸上还有因为兴奋残留的红晕。

危晓觉得她现在的状态和来之前截然不同，当下便觉得不好，试探着问："怎么这么高兴？有什么好消息吗？"

"没有。"韩亿欢又掩饰地喝了一口可乐，拉了拉危晓的衣袖，

"等我回去再跟你说。"在东京这个地方，唯一能畅所欲言聊心事的也只有危晓。

绪天赐看了看表说："终电已经没有了，我开车送你们回去。"

"好啊，你车在哪儿？快带我过去，我站了这么久快累死了。"韩亿欢拉着绪天赐没心没肺地朝前走去。

时遇权和危晓慢吞吞地走在后面，时遇权突然开口："谢谢你。"如果不是她骂醒他，他和亿欢之间的隔阂也不会消除。

"谢我什么？"

"没什么。"时遇权摇了摇头，又问，"你是怎么知道我很怕被人从后背哈气的？"

"我蒙的，本来想打你，可是打不过。"

其实是时遇权告诉她的。他们交往一百天纪念日的时候，本来约好一起庆祝，可是当天时遇权却因为饺子生病而爽约了，她那时候被时遇权宠得脾气很坏，不依不饶地跟时遇权吵架，说他不重视她，在他的心里她还不如一只猫，一定要分手。时遇权为了哄她，就告诉了她他最怕的事情，让她惩罚他。她将信将疑，当发现时遇权真如他自己所说，特别害怕被人从后背哈气之后，便时不时地偷袭他，看他趴倒在地总会乐不可支。时遇权也不生气，但每次总会把她也拉到地上，然后狠狠地甜甜地吻她。

现在想想，恃宠而骄真的是件很容易的事。在遇见时遇权之前，她的性格其实很独立，也很孤僻，从来不会撒娇，也不会乱发脾气。可是仅仅三个月，她就变成了一个蛮不讲理喜欢撒泼耍赖的小女人。

朗朗星月下，危晓的表情有些落寞，似乎在思念什么人，时遇权偷偷看她，不知不觉就被她的情绪感染，莫名伤感起来。

"你不喜欢猫吗？"

时遇权被危晓的突然转头询问吓了一跳，脸上的表情都来不及收，下意识否定："不喜欢。你又是猜的？"

"不，是亿欢告诉我的。"危晓盯着他的眼睛，十分笃定地说，"可你以后会喜欢的。"

"我绝对不会喜欢猫。"时遇权小时候曾经被猫挠过脸，所以对有爪子的动物都避之不及。

"我说你会喜欢就一定会喜欢。"

危晓语气中的确信让时遇权心中一颤，他想起刚认识的时候她疯疯癫癫地说自己来自十年后，莫非她说的是真的，所以她能知道他的软肋，也能预知未来？

时遇权被蛊惑了，差点儿就要相信了。幸而前面的韩亿欢转身朝他们挥手："快一点儿，你们走得太慢了！"

危晓加快脚步跟了上去，时遇权像是忽然从梦里醒过来，自嘲地勾了勾唇角，一定是今晚发生的事情太多了，所以他的脑袋转不动，才会这么反常，相信那样的无稽之言。

回家后，时间已经很晚，韩亿欢便留绪天赐住下，危晓拿了干净的床单被套去铺客房的床，韩亿欢一直跟在她的身边，絮絮叨叨地说着时遇权对她态度的转变，危晓听着听着，便烦了。

"你要是没事做早点洗澡去睡觉好吗，大家找你找了一晚上都很累了。"

韩亿欢本来沉浸在自己的情绪里，被危晓一吼，吓了一跳。

"我不想听你的心路历程，我对你和时遇权之间的事情没有兴趣，我只想早点干完活儿早点去睡觉，请你不要打扰我。"

韩亿欢一腔倾诉欲就这样被危晓堵住了，又觉得自己拿危晓当好朋友，她却冲她发脾气，心里十分委屈，跺了跺脚，从房间里跑了出去。

危晓坐在刚刚铺好的床上，呼了一口气。韩亿欢现在看来是不会回国了，多了一个底子这么厚的情敌，她真的快烦透了。

绪天赐走进来，拿了一套 DVD 给她："我刚去帮你租的《东京爱情故事》，你看看吧，很经典的，而且对你学日语也有好处。"

"谢谢你。"

绪天赐终于忍不住说："危晓，我帮你找你要找的人，你回国吧。"他觉得这次见她，她变得更不开心了。

危晓目光落在 DVD 的封套上，女主角笑得像朵向日葵一样灿烂温暖，让她的心情也跟着好了一些，便说："不用，我喜欢的人已经死了，我在哪里都一样，在日本总比回去睹物思人好。"

绪天赐默默地叹气，危晓跟他说过她老公的事，他不怎么会安慰人，只希望时间能带走危晓所有的伤痛，让她早点走出从前的阴影。

"我不打扰你休息了。"

跟绪天赐互道晚安之后，危晓回了自己房间，却失眠了。

她没有信心在这个时空可以 PK 掉青春年少的韩亿欢，让时遇权喜欢上她。那她坚持留下来的意义是什么呢？看着时遇权如何跟别的女人谈恋爱？如何分手？

她翻来覆去，最终决定不睡了，拿着绪天赐给她租的碟，去了客厅。

《东京爱情故事》讲的是一个多角恋的故事，女一爱男一，男一爱女二，女二爱男二，男二爱女三，除了食物链的最底端和最高端，剩下中端的每个人都在爱 TA 和 TA 爱的人当中摇摆不停，而女主作为本该最痛苦的最底端，却勇敢乐观开朗自信，一直深深爱着男一。

这部电视剧确实很好看，主角演技很自然，细节刻画很到位，每个人的挣扎犹豫都由他们的性格决定，十分自然而然，就算在女二和女一之间举棋不定的男一都让人讨厌不起来。

危晓不知不觉就看到了第三集，她抱着抱枕窝在沙发里，微弱的电视荧光映着她的脸，她不知道，在二楼的楼梯上，有一个人正在注视着她……

是时遇权，是同样失眠的时遇权。

他对危晓越来越好奇，她到底为什么出现在这里，又好像很了解他的样子？她是谁，她从哪里来，她的目的到底是什么？

他的目光锁定在她的身上，越来越深邃，越来越好奇……

第二天危晓是被韩亿欢叫醒的，因为昨晚她对韩亿欢发了脾气，所以韩亿欢今天对她也毫不客气。

"你为什么不做早饭！"

面对韩亿欢气势汹汹的质问，危晓的意识慢慢恢复，她昨晚看剧看得不知不觉睡着了，这才耽误了自己的工作，连忙说："我马上就去做。"

她站起来，扶着因为熬夜而疼痛的头，就看见绪天赐从厨房端着托盘出来。

"你去洗漱准备吃早饭吧，我都做好了。"

危晓又一次想给绪天赐点赞，善解人意又技能满满。韩亿欢真是有眼无珠，居然不喜欢这样的男孩儿。

等她洗脸刷牙后坐到餐桌前，绪天赐给她盛了碗白粥："昨天大家都没睡好，吃点清淡的。"

韩亿欢对危晓淡淡然的态度很不满意，于是不依不饶，傲慢地说："这是第一次，如果下次你再擅离职守，我就……我就……我就开除你。"说完还挑眉瞪了危晓一眼，威胁之意十分明显。

危晓觉得赌气的韩亿欢真是幼稚，但是想一想，昨晚自己心情不好迁怒于她确实是自己不对，便说："我知道了，我以后一定不会再耽误工作。"

韩亿欢觉得自己胜利了，便"哼"了一声，把油条揪碎了放在粥里，大口吃了起来。

绪天赐为韩亿欢剥了个鸡蛋："你回国的机票订了吗?"

"订了，下个月 1 号就回去。"

"我正好也想回国看看姥姥，我陪你一起回去吧。"

一直默默吃饭的时遇权忽然抬头："亿欢，你回国需要人陪吗?"

韩亿欢立马摇头："不需要不需要，我自己回去就行，我爸会来机场接我的。"

绪天赐的眼神暗了暗，没有再说话。

危晓觉得心累，她一大把年纪了还要看着自己老公和别的少男为别的少女争风吃醋，这叫个什么事儿!

她一点儿都吃不下，勺子在粥碗里随便搅着，直把一碗粥搅成了米糊。

绪天赐随意问道:"昨晚我睡觉的时候听见你在看电视,你看到第几集了?"

韩亿欢好奇追问:"你在看什么?"

"《东京爱情故事》。"危晓故意怅然长叹,"年轻真好啊!我也好想在东京谈一场轰轰烈烈的恋爱。"

时遇权忍不住吐槽:"您这个年纪还轰轰烈烈,那恐怕不是故事,是事故。"

危晓朝他翻了个白眼:"事故就事故,要你管。"

时遇权回之以不屑:"那好,我拭目以待,看您能整出多大一场事故。"

吃完饭,绪天赐便回家了,韩亿欢上楼补觉,时遇权和危晓去学校上课。虽然她和时遇权一同出门,可是时遇权却完全没有要跟她同路的意思,走得很快,危晓也不以为意,她现在最重要的是学习,学习才能让她愉快地留下来。

到了学校之后,她的同桌万晴就问她:"万圣节涩谷大游行,亿欢去不去?"

危晓觉得奇怪:"这个你该问她吧。"

万晴有点尴尬,飞快用娇嗔掩饰过去:"你们离得近,你问起来比较方便嘛。"

"那好,回家我问问。"

第五章

噩梦

回家的路上，危晓突然想起来公园里的那只奶猫，便绕路过去打算喂它，可能是因为想念饺子，所以危晓现在特别喜欢猫。

她走到公园里，看见洗手间的屋檐底下，她做的猫窝还在原地，可是猫窝里并没有猫。她举着奶瓶，"喵"了一声，很快就听见了微弱的一声回应："喵!"

她循着声音找过去，在一排茶花树的缝隙里，发现了那只小猫，它怯怯地躲在叶子底下，眼神里都是惊慌。

危晓便走过去摸了摸它的头，她记得以前饺子就喜欢让人摸它的头，果然小猫平静了下来，她把奶瓶伸了过去，猫咪又快速地吮吸了起来，看来是饿了很久。

"以后你不要乱跑，我每天会过来喂你，你记得等我。"

危晓说完之后，小猫停下了吮吸，朝她"喵"了一声，像是做了约定一样。

危晓乐了："你是只日本猫啊，居然还能听得懂中文，你好聪明啊!"

小猫又朝她"喵、喵"了几声，然后头朝着她的手蹭了蹭，一副受到表扬很开心的样子。

危晓的心都快被萌化了，深深觉得自己之前真是不开眼，怎么会不喜欢饺子呢。

她喂完猫，又跟它玩了会儿，然后才回家。

刚走进院子，危晓就听见了叮叮咚咚的钢琴声，她走去厨房，把刚买的菜放进冰箱，然后准备切果盘，亿欢喜欢在练完琴之后吃点水果。

等她切好了果盘，钢琴声就停止了，亿欢一阵风似的跑下楼，看到有果盘，就拿过来护住，不再像前几天那样，和危晓一起吃了。

危晓觉得她记仇的样子也蛮可爱的，就笑了。

韩亿欢瞪她："笑什么笑！有什么好笑的！"

"万晴问你去不去万圣节游行。"

"我已经跟她说过我不去了啊。"

"那她怎么还让我问你？"

韩亿欢把最后一口西瓜吃掉："可能是想让你劝我一起去吧。"

"你人缘还挺好的嘛。"

"是人民币的人缘好。"

韩亿欢忽然发觉自己竟然不知不觉和危晓友好地聊起天来，气得把盘子一摔："我人缘好不好跟你有什么关系！"

不想小公主把自己折磨成精神分裂，危晓便诚恳地说："你打算跟我生气到什么时候？昨天我真的是太困了，所以心情不好，我跟你道歉好不好？"

韩亿欢嘴硬地说："我才不需要！"

"我晚上给你做火锅好不好？够有诚意了吧！"

"火锅？"韩亿欢眼睛一亮，"我好久没吃火锅了，你快点做。"

危晓心想到底是个孩子，还是很好哄的，然后去冰箱拿了大骨出来，洗净焯水之后开始熬汤。

韩亿欢跟危晓和好之后，便很大度地说："我下个月回国，你需要我给你带点什么吗？"

"不需要。"

"你在国内没有亲人了吗？"

危晓切姜的手顿了一顿，亲人？

2006 年的时候她二十岁，已经上大学，假期全都留在学校打工，只有过年才会回去待几天，后来她结婚了，便连过年都名正言顺不回去了，反正她妈妈也不是很在乎她，她们甚至连电话都很少打。

其实说起来，现在离她最近的亲人应该是爸爸吧。爸爸就在日本的某个地方，她却一点儿也不想见到他。

她早就已经没有家人，她唯一拥有的就是时遇权而已。

危晓摇了摇头，"我爸妈离婚了，我跟两边都不怎么来往。"

韩亿欢却是有些感同身受："我偷偷告诉你吧，其实我爸妈也差点离婚，但是我一招制敌，吓得他们从此以后再也不敢提离婚了。"

"你做了什么？"

"我吃了很多安眠药，醒过来的时候他们俩都抱着我哭，说我要他们做什么他们都答应。"韩亿欢有些怅然，"可我不知道自己到底是挽回了这个家，还是害了这个家，爸爸妈妈虽然看上去很和睦，但我总是怀疑他们在演戏。"

"你想太多了。"

韩亿欢皱着眉头："你说结了婚为什么要离婚呢？不是因为相爱才结婚的吗？难道爱情真的就那么脆弱吗？"

锅里的汤开始咕噜咕噜冒着泡，整间屋子里有一股浓烈又家常的香味，危晓听到亿欢的问题，心被狠狠揪了一下。

爱情并不脆弱，是她太偏执，否则的话，她跟时遇权一定能开开心心地白头到老。

韩亿欢说人多吃火锅才热闹，便把绪天赐也叫了过来，绪天赐带了两打啤酒，再加上冰箱里的两打，他们就着麻辣火锅喝光了所有的啤酒，到了后来，每个人脸上都是酡红一片。

危晓举着筷子在锅里划拉着："虾丸呢，我的虾丸谁吃了？"

时遇权还算神志清醒，便说："哪里来的虾丸？今晚的涮菜里没有虾丸。"

"怎么会没有呢？我最爱吃虾丸了，每次吃火锅你都会给我做的。"危晓不死心地在锅里继续划拉，"你会买最新鲜的虾，剥壳去虾线再剁成泥，然后再做成丸子，你做的虾丸最好吃了，我一次能吃一盘。"

时遇权看着醉态明显的危晓，眼神变得越发困惑。也许是因为酒醉，也许是因为夜深，时遇权看着呢喃自语的危晓，心里竟有些感触。

绪天赐告诉他，危晓很可怜，因为想找一个跟她亡夫长得像的人，在日本黑了下来，因为她不想回去面对现实。

时遇权知道那个长得像的人就是他自己，刚认识她的时候她那么反常，应该也是因为老公刚刚过世所以才会精神恍惚吧。

他长这么大，并不是没有情窦初开过，只是他从来不觉得感情是一件非谁不可的事，他在大学曾经交过一个女朋友，他们两个兴趣爱好相同，相处融洽，可到了毕业的时候，发现双方对未来的规划截然不同，便潇洒地挥手道了别。

可是现在看危晓这副样子，他却开始怀疑是否他太冷血，他好像从来没有像危晓这样不顾一切地去爱一个人。

危晓在火锅里扒拉了半天，什么都没扒拉到，就仰着脸不高兴地说："你这个人真的很小气哎，我不就是让你的猫离我远点吗，就不给我做好吃的了。"

什么猫？他从来就不喜欢带爪子的动物。

"你认错人了。"

"我没认错，我怎么可能会认错你呢?"

"你老公跟我长得很像吗?"

危晓先是点了点头，忽然又猛烈地摇起头来："不像不像，你本来就是。你不要跟我说这些奇奇怪怪的话了，去给我做虾丸嘛。"

她鼓着腮帮，双颊通红，有种毫无违和的少女娇嗔，倒真是把他当作老公来撒娇了。

韩亿欢醉得迷迷糊糊，也在一旁敲着筷子，嘟嘟囔囔地附和："时遇权时遇权，给我们做虾丸。"

时遇权想了一想，便站了起来，走去了厨房。不一会儿就托着一盘虾丸出来，可是危晓睡着了，趴在桌上，嘴边还有半根没嚼完的菠菜。

韩亿欢便夺了盘子，高高兴兴都下到了锅里。火锅一开，氤氲的雾气又起。时遇权趁没人注意，夹了一个虾丸放到了危晓的碗里。就当是谢谢她解开了他和亿欢之间的结。

吃完火锅过了些日子，亿欢便回国去参加比赛，她和时遇权约定好，如果她能进入前三，时遇权就陪她去京都看红叶。

危晓不需要在家伺候小公主，日子突然闲了下来，便打算去找工作。她现在的日语应付一些简单的交流已经没问题，如果去便利店或者饮食店兼职，只需要提前背熟菜单和商品名，剩下的就是苦力活，并没有什么难度。可是问题在于她现在没有证件，还是一个黑户，一旦被发现，不仅要被遣返回国，她打工的店也将会被处罚，所以她找不到什么工作。

她跟绪天赐吐槽这件事的时候，绪天赐好奇地问："你现在有亿欢给你的薪水，应该生活不成问题，你要那么多钱干吗？"

"这世上还有人嫌钱多的吗？"危晓心里隐隐觉得，她和韩亿欢迟早会闹掰，早做准备总是没错的，谁让她们都喜欢同一个人呢。

绪天赐愣了一下，然后说："我可以帮你问问我认识的中华料理店，但是工资不高而且特别累，你能接受吗？"

"当然能。"

"可你这样做黑户也不是长久之计，你……"绪天赐脸上露出复杂的表情，似乎是想劝她但又不想在她伤口上撒盐，欲言又止。

"放心，我有分寸。"危晓拍拍绪天赐的肩膀，"这事儿我就拜托给你了！"

"嗯。我争取在回国前帮你搞定这件事。"

危晓很诧异:"你要回国?"

"嗯……我……我回去看姥姥。"绪天赐挠挠头,结结巴巴很不好意思的样子。

危晓马上就明白过来,他一定是回去看亿欢比赛,她并不戳穿,只是笑着说:"行,替我向你姥姥问好。"

过了几天,绪天赐便带着她去了学校附近的一家料理店,老板是中国人,同胞相亲,没有多问就让她留下来试用几天。她的主要工作是打杂,收拾碗筷擦桌子或者帮客人点菜。

第一天下班,她累得腰都直不起来,从小到大她从来没有站过这么长时间,可是回到家,看到二楼时遇权卧室的灯开着,又不由自主地笑了。

苦一点累一点,但至少可以和他离得近一点,至少还有机会重新让他回到自己身边,一切都值得。

时遇权最近在忙着申请大学院的资料,所以并没有发现危晓整天不在家。忽然有一天,他路过那家料理店,就看见了她。第一眼有些错愕,他没想到大婶竟然会打工;第二眼又有些嘲弄,难道她留在日本就为了挣钱?日本打工薪水比国内高得多,按最低工资算,一年回去买套房绰绰有余。

所以,所谓的爱情,大概也是随便编出来用来让自己显得高尚的吧。

他觉得心里堵了一口气,好像自己的心软是一个笑话。

危晓的身世一直是个谜,他怎么就能轻信她的自述,把她当作一个对亡夫用情至深的女人来同情呢?她根本就是想博取每个可以利用的人的同情心，比如绪天赐那个傻瓜，就对她深信不疑。

可如果绪天赐是傻瓜，那他不也是傻瓜了吗？

时遇权越发觉得胸口憋得慌，一路上一个单词都没有背下来。电车到站之后，他去便利店买便当，付钱的时候才发现，他的背包落在电车上了。去车站报失的路上，时遇权咬牙切齿，他对危晓之前有多少同情，现在就有了多少恨意。

晚上十一点多，车站工作人员打电话让他去取包，他走到车站，便看到了从里面出来的危晓。

她一脸惊讶："这么晚你要去哪儿？"

时遇权冷冷地瞥了她一眼，没有说话。从车站出来就看见危晓在门口的那棵樱花树下等他，指着他的包不可思议："你居然会落东西？"

"要你管。"时遇权把包背上，没好气地说，"你每天晚上这么晚回来，是去干什么了？"

"你关心我？"

他抬脚就走："没有！我只是很烦大半夜有人用洗衣机和吸尘器。"

危晓小跑着跟上他的步伐，有些气喘吁吁："我找了份工作。"

"为什么要找工作？"

危晓理所当然地说："为了钱啊。"

时遇权忽然停下脚步，转向危晓："你赖在日本不走就为了钱吗？"

"当然不是。我不缺钱，我在国内有个建筑事务所，一年流水有几百万。"

时遇权语带嘲讽："那我在北京大概有几个商场,每天流水几千万。"

"你不相信我?"

"我凭什么相信?如果你真有个建筑事务所,你赖在日本到底图什么?你国内的公司不需要人管理吗?别再说是因为你老公去世你想逃避了,我现在怀疑你到底有没有结过婚!你用这种蹩脚的借口骗了绪天赐,现在还想来骗我?"

危晓张了张嘴,想解释,但又不知从何解释,只好说:"时遇权,时间会证明一切。"

时遇权当她是无从辩驳所以故弄玄虚,便鄙视地说:"你要是坦荡一点,从一开始就说你留在日本是为了钱,我反而会更尊重你,毕竟不是每个人都能清楚知道自己的人生目标是什么。"

他说完之后,步伐便快了起来。

危晓看着他离去的背影,脑袋耷拉了下来——她能怎么解释?她还希望有人来给她解释解释,为什么她现在会在日本,她稀里糊涂来到这里,目标明确地留了下来,可到最后,她能得到自己想要的结局吗?虽然和时遇权重逢,可他现在对她的态度忽冷忽热,连个普通朋友都不如,未来会变成什么样根本不可知。

她叹了口气,想起来包里还有给饺子带的鱼汤拌饭,便转弯去了小公园。

现在饺子基本每天都是她定时在喂,韩亿欢和时遇权和好之后早就把曾经在冷夜里温暖过她的小猫咪给忘了。饺子在她的投喂下长大了很多,俨然美猫初长成,纯白似雪的毛蓬松柔软,一双蓝色的眼瞳灵气十足,越长越像时遇权的那只猫了。也不知道是不是因为她刻意给它们取了同一个名字的缘故。

她摸着正在吃食的饺子的头，有点感慨："饺子，你说时遇权是从什么时候开始喜欢猫的呢？他到底为什么对饺子那么宝贝？我现在留在这里，好像什么都帮不上他，他也好像很讨厌我……你说我留在这里到底对不对……"

现在她除了饺子已经没人能说心事了，可饺子闷头吃饭，连喵都没喵一声。

危晓越发觉得寂寞："到底要怎样做他才会喜欢我呢？从前他到底是喜欢我哪一点呢？"

她现在每回想一次从前，都觉得时遇权是瞎了眼，她那么任性跋扈，他居然忍了六年。他应该很爱很爱她吧，可是她却没能好好珍惜。

一想到这里，她就心酸难忍，时遇权对她的那些恶劣态度便全都不在乎了，她吸了吸鼻子，笑了："我相信他会喜欢我，他一定会喜欢我，上辈子他既然喜欢我，这辈子他也逃不掉！"。

饺子终于吃饱了，满足地对她喵了两声，危晓收拾好心情，揪住饺子越发圆鼓鼓的腮帮子揉了揉："明天我再给你带好吃的，乖。"

她站起身，准备回家，手机却响了起来，韩亿欢在那头兴奋地说："危晓！我进决赛了！"

"那就恭喜你了。"

"所以我还要再在国内待一个月，你帮我看着时遇权好不好？"

一声的"看"让危晓有些迷糊："看着？怎么看着？"

"我听说他要参加学校组织的万圣节游行，他们班最近转学来了一个叫顾深深的女人，对他不怀好意……"

危晓一听就懂了，很想笑——明明是对时遇权怀揣好意让韩亿欢感受到威胁，却被她傲娇地说成不怀好意。亿欢的情敌就是她的情敌，危晓握拳应道："没问题，我会去万圣节游行，好好看着时遇权！"

"危晓你太好了。"韩亿欢隔空甩来一记飞吻，"等我胜利归来，给你带好多好多麻辣火锅底料！"

"行。"

危晓挂了电话便跟店长请假，然后给班长打电话，说自己改变主意了，想要参与万圣节游行，班长便让她第二天放学之后留下来开会，讨论 cosplay 的主题。

开会之后，大家确定了以哈利·波特为主题，有人 cos 摄魂怪，有人 cos 皮皮鬼，还有人 cos 飞天扫帚……总之怎么怪怎么来，只有危晓走寻常路，要 cos 哈利·波特本人。

她暗搓搓地去打听时遇权班上的顾深深，万晴便咋咋呼呼地说："你不知道她？她是插班生，上个月刚过来的，分班考试直接拿了满分，学校老师都当她是宝，觉得她考东大十拿九稳。"

"女学霸？"

万晴重重地点头，羡慕嫉妒地说："不仅学霸，长得也漂亮，气质很好，有点儿像金泰熙。"

危晓简直迫不及待想要去见见这个顾深深，便假装要时遇权帮她把书包先带回家，迅速跑到了五楼。

五楼空无一人，她打电话问万晴："不是说今天全校放学之后都在讨论万圣节主题吗？怎么 A 班没人？"

"他们不用讨论啊，顾深深说她负责给所有同学找服装化妆做造型。"

危晓瞪目："全班十几个人，她不怕累死啊？"

"可能基础太好，平时不用学习太无聊吧。"

顾深深，顾深深。危晓默念了几遍这个名字，总觉得有点耳熟，好像在哪里听过。

很快便到了万圣节的前一天，危晓穿着哈利·波特的巫师袍想去吓时遇权，就趁着他下楼倒水，埋伏在二楼楼梯口，谁知道过了半小时他还没有上来，她等得昏昏入睡，忽然听到了脚步声，马上振作精神，举起魔杖，正要念咒语，脚却踩到了长袍，整个人往前扑去。

时遇权看到一个"哈利·波特"朝自己飞过来，着实吓了一跳，来不及反应，就被她扑倒，然后两人一起摔下了楼梯。

幸好时遇权刚上了两级台阶，这样摔下去虽然背部疼痛欲裂，但没磕到头，已是万幸。时遇权的大脑从一片空白到正常工作用了几秒钟，然后发现，他的脚还在第二级台阶上，罪魁祸首"哈利·波特"倾斜着趴在他的身上，好像吓晕过去了。

时遇权想推她起来，一把没推动，松了松手，危晓就从倾斜面上滑了下来，直直冲着他的脸。

她的嘴唇……竟然黏上了他的嘴唇……恶心至极！

时遇权连忙把她推到一边，然后用力擦了擦自己的嘴，见她还是不醒，便打算去叫救护车，刚站起来，就看见危晓的眼睛终于动了。

"危晓，你有没有事？需不需要叫救护车？"

"没……没事……"危晓揉着腰"哎哟"了几声，"让我歇一会儿。"

休息好之后的危晓在门口找到了自己飞出去的眼镜，戴上之后去问时遇权："你觉得怎么样？"

时遇权没好气地说："你差点把我撞死就为了让我看你这副破造型？"

"不像吗？我觉得还好啊，我抓到了精髓，你看这个伤疤，还有这个刘海……"

时遇权不想听她废话，背部还在隐隐作痛，便打算回房间休息，危晓跟在他后面喋喋不休："你打算扮什么？"

"不知道。"

"顾深深该不会来不及准备吧？"

"关你什么事，你该干吗干吗去。"

被下了逐客令的危晓灰溜溜地离开了时遇权的房间，临走之前不小心瞟到了他书架上的一本漫画书，突然灵光一闪，她想起来深深这个名字在哪里听过了！她是时遇权的编辑！时遇权打电话的时候总叫她"深深"，她以前还跟时遇权开过玩笑，说这编辑名字取得真好，一看就是做编辑的，"审审"。

只是那时候她以为深深是个男编辑，所以从未多想。

这个深深是那个深深吗？

不过话说回来，来日本这么久，好像从未见时遇权画过漫画，他曾经那么偏执地热爱画画，为什么现在半点热情都没有？

第二天危晓在游行出发之前特意去找顾深深，想看看她到底是何方神圣。去到 A 班的场地，一眼就看见一个高瘦的埃及艳后，穿着金色的衣裙，乌黑的齐刘海过肩长发，神色冷艳，她的气场超然绝群，危晓觉得她一定就是顾深深。

果然，下一秒，她就听见有人喊她："深深，我的帽子在哪儿？"

危晓循声望去，就看见了夜礼服假面，那是时遇权，穿着一身黑色的燕尾服，戴着蝴蝶形的白色面具，手持一朵红色玫瑰，根本就是从漫画里走出来的夜礼服假面本面。

她一颗心扑通扑通都快要跳出来，一想到这个人曾经是自己的老公，就觉得自己上辈子一定是拯救了银河系。

时遇权朝顾深深走了过去，顾深深从旁边一位同学的手上接过了那顶礼帽，戴在了时遇权的头上，然后帮他整理好头发。

时遇权低头看了看自己，朝着顾深深笑了笑。他本来对这样的活动没什么兴趣，但是最近家里只有危晓，他不太想回家所以就答应过来了。

危晓忽然感觉到了莫大的危机，时遇权从来没有对韩亿欢有过这样的表情，他从来没有对任何一个女生有过这样的表情，他还叫她深深！

她径直走过去，时遇权看见她的那一刻，笑容顷刻无存。

"你来干什么？"

危晓带着讨好的笑，对顾深深说："你好，我是时遇权的室友，我想跟你们一起，免得待会儿走散了，晚上不能一起回家。"

顾深深便说："那好吧，待会我们一起。"

时遇权断然拒绝："我为什么要跟你一起回家？"

顾深深善解人意地说："今晚肯定要玩到很晚，你室友一个姑娘单独回家也不安全。"

"你确定她是一个姑娘?"时遇权露出古怪的表情,"她明明是个大婶。"

"别这样说,我也比你们大好几岁,难不成我也是大婶?"

危晓吓了一跳,她根本没看出来顾深深比时遇权大。

顾深深便笑着解释:"我不是应届生,我以前是个游戏策划师,做了几年感觉腻了,所以来日本充充电。"她上上下下打量了危晓几眼,"你等我一会儿。"

她返回教室去拿东西,危晓盯着她远去的背影,心里嫉妒得要命,如果她做过几年游戏策划师的话,年纪应该跟自己差不多,可是无论从气质还是样貌上来看,她和顾深深简直没法比。

怎么她的情敌一个比一个强呢? 还给不给她活路了。

时遇权不耐烦地说:"我不想跟你一起回家,你别缠着我。"

"我没想缠着你,我忘了带钥匙,不跟你一起回家,我就进不了家门。"

时遇权不傻,这个理由自然无法让他信服,他压抑着怒火:"你想赚钱就好好赚钱,别来烦我行不行! 我不想跟你有任何交集!"自从昨晚不小心亲到之后,他现在一看见危晓就说不出地烦躁。

"知道了,明天我一定记得带钥匙。"危晓脖子缩了缩,觉得时遇权最近的脾气真是越来越臭。

大概过了一分多钟,顾深深跑了回来,手上多了化妆包和剪刀,还有一副小一点的圆框眼镜,她把危晓拉到一边,简简单单地修饰了几分钟,再让开的时候,危晓便完全变了样子,如果说昨晚的她跟哈利·波特的相似度为零的话，现在至少有了百分之七十。

顾深深很会抓住人物的神髓，更会将 coser 和人物的相似点放大到极致，现在的危晓，涂了偏白一个色号的粉底，整张脸小而白，看上去无辜而懵懂，很像刚刚入学的那个对巫师世界什么都不懂的小男孩儿。

危晓看了镜子之后，也惊呆了，不得不说，顾深深的造型简直鬼斧神工。

改造完成的危晓跟着顾深深和时遇权一起往涩谷那边走，路上已经有很多装扮好准备狂欢的人，有无脸怪有绿巨人还有七龙珠，顾深深因为长得漂亮造型又美，所以周围围着很多人跟她合影，时遇权和危晓被挤出了包围圈。

危晓忽然看到前面有个《火影忍者》里面的大蛇丸，就激动地朝着时遇权招手。

"快看快看，大蛇丸！"危晓以前对于漫画丝毫没有兴趣，来了日本之后才开始恶补时遇权最喜欢的《火影忍者》，所以对里面的人物十分熟悉。

梳着长发画着紫色眼影的"大蛇丸"朝他们吐出了长长的"舌头"，"舌头"还卷着一个东西抛了过来，危晓用手接住，发现是一枚水果硬糖。

她抓着那枚水果糖跑回时遇权身边："你看你看。"

时遇权白了她一眼："大婶，麻烦你尊重一下你的年龄，不要一惊一乍跟个小孩儿一样。"

"那我也请你尊重一下今晚的主题，狂欢 party，什么是狂欢你懂吗？约你你说你来，来了你又不 high，大家开开心心出来玩，你却埋头吃饭……"危晓唱起了五月天的《终结孤单》。

"你唱得很难听，别唱了。"

时遇权挤过熙熙攘攘的人群，疾步往前走，想要甩掉危晓，可一回头，危晓还是在他旁边，便抢过危晓的魔杖指着她，不假思索就念出了咒语"统统石化"。

危晓很配合地站在了原地。

时遇权说："好，你就在这儿站着，等到咒语失效，我先走了。"他正准备走，突然被人从后面撞了一下手肘，手上的魔杖便掉到了危晓的手里，危晓反客为主，指着他念："摄神取念。"

时遇权心一慌，好像这个咒语生效就会被她看到他脑海里昨晚那个画面一样，一把抢过魔杖，冷冷吐出两个字："无聊。"然后转身就走。

危晓跟在他身后不依不饶地问："时遇权，你是不是很讨厌我？"

"你的咒语无效？你看不到我内心的想法？"

"你为什么会讨厌我？"

"因为你是个骗子。"

危晓拉住了时遇权的手，举手发誓："我从来没有骗过你，我对你所说的一切都是真的，不信你来对我摄神取念。"

时遇权拿着那根魔杖，看着危晓的眼睛，她的眼睛明亮透彻，一眼望穿，他想起她吃火锅时卖萌撒泼要虾丸的样子，便问："你是不是很爱你老公？"

"是啊。"

"他和五百万你选一个。"

"他。"

"他和五千万你选一个。"

"他。"

"他和五亿……"

"他，不管给我多少钱我都选他。"

"那你现在辞职，我就相信你是真的爱他，因为爱他所以留在这里，而不是为了什么别的目的。"

危晓很干脆地说："好，没问题。"

"你真的会辞职？"

"我向你保证。"

留在日本是为了接近时遇权，是为了能让时遇权再次属于她，如果打工会让他对她的误解越来越深，那就放弃好了。

时遇权冷哼了声："我拭目以待。"语气虽然还是很横，脚步却放慢了下来。

危晓心中暗喜，正要追上去，忽然眼前出现了一个僵尸，穿着清朝的朝服，脑门上贴着黄符，一张苍白的脸，一条又长又红的血舌头，危晓被吓得"啊"一声尖叫，那个 coser 被她的反应吓了一跳，手上的血浆袋被手指刺破，瞬间飙了出来，全都喷到了危晓的脸上。

危晓疯狂地大叫，满脸满身的血，她拼命去用手擦，结果弄得满手也是血。

扮僵尸的同学一个劲地道歉，不知所措，时遇权赶了回来，见到这幅场面，便把她从人群里拖了出来。

"都是糖浆，没事没事。"他拍着她的肩膀，安慰惊慌失措的她，又拿出纸巾给她擦脸，递到她鼻下，"不信你闻闻？"

"不！！"危晓眼神里全是恐惧，推开他的手，"我要回家！我要回家！"

"没看出来你胆子这么小。"时遇权皱了皱眉，她这副六神无主的样子，让她一个人回家他不放心，便说，"反正也没什么好玩的，我们一起回家。"

危晓重重点了点头，然后拉住了他的手。她的手冰凉刺骨，应该是因为受到过度惊吓，时遇权便任由她握着没有挣开。

回到家里，危晓便冲进了浴室，洗完澡出来，脸依旧煞白煞白。

时遇权递了杯热茶给她："你还好吧？"

她挤出一个惨白的笑容："小时候我去参加一个远方亲戚的葬礼，那边扎了很多类似的纸人放在墓里，我那时候很矮，人群挤来挤去就把我挤得掉进了墓里，我身下是棺材，旁边都是这些纸人……后来就留下了心理阴影。"

这种事情对于小孩儿刺激确实很大，时遇权便安慰她说："早点睡吧，不要胡思乱想了。"

赖定你了

危晓端着茶回到房间，感觉很冷，便裹紧了被子，不一会儿又感觉热，冷冷热热便发起梦来。

梦里是她刚毕业开始工作的时候，被安排到一个很偏远的小山村出差，住的地方后窗便有两座坟，晚上又停了电，她总感觉后窗后面有盈盈绿绿的光，便委屈巴巴地给时遇权打电话，听到他的声音却又傲娇，不肯说自己害怕，只是要他陪自己说话，那天晚上他们聊了一夜，她迷迷糊糊睡去，第二天早上，时遇权便满面倦容地出现在了她面前，他挂掉电话便开车赶过来了。

那一瞬间她很想哭。时遇权懂她所有的脆弱与倔强，却从不轻易点破，他只说他是来采风，去了一趟她的住处，就知道她在怕什么，便说晚上去湖边看星星，睡车里。没想到晚上开车到了湖边，却突然下了瓢泼大雨，电闪雷鸣，她吓得发抖，时遇权紧紧搂着她，那时候她觉得时遇权真好，只要有他在，不管什么天气都是好天气。

后来他们结婚了，在结婚之前他们吵了一场架，吵得很凶，差点儿就要分手，如果那时候分手了，可能时遇权就不会死，她也不会像现在这样痛苦了吧。她想哭，眼睛涩涩的，回忆却像断了片，她忽然忘了到底是因为什么事情吵架，她觉得很慌，好像关于时遇权的记忆变得越来越模糊，好像她就要彻底失去他了，她抓不住，她什么都抓不住……

她大声喊道："你不要走！求求你不要走！"

忽然就听见了时遇权的声音："我不走。"

她努力睁开眼睛，就看见了他，她安心地笑了。

拿着体温计的时遇权有些无措，他总是很容易就会被她梦呓般的笑容蛊惑，愣了片刻才慢慢走近她，把体温计放进她的嘴里。

危晓咬着体温计还想说话，时遇权立刻制止了她："乖，不要动。"

他的声音很温柔，温柔得像是来自另外一个时空。

危晓便听话地闭上嘴，等到口中的体温计嗡嗡作响，时遇权拿出来一看，39.2℃，是高烧，便有些着急。

"你换下衣服，我带你去医院。"

"医院?"危晓听到这两个字，立马坚决地摇头，"我不去我不去。"她就是在医院失去了时遇权，她讨厌医院，非常讨厌。

她往下面滑了进去，整个人像只蚕一样缩到了被子里。

时遇权没办法，只好出门去买药。路过那个小公园，忽然有只猫窜了出来，就跟在他身后，一直跟到了药店。他买完药出来，就看见它等在门口，似乎要跟他回家似的。

他指着小猫严肃地说："你别跟着我，我不会收养你。"

小猫懒懒地看了他一眼，把目光投向了别处。

时遇权松了口气，便往回走，走了几步一回头，这猫还跟着他。

倒是像要赖上他了。

时遇权猛吸一口气，飞速往前跑去，想要甩开它，没想到他刚到家门口停下脚步，这猫就在他脚边出现了。

什么情况啊！他看上去那么像个喜爱小动物的人吗？跟着他做什么！

时遇权有些厌恶地对小猫说："我已经到家了，你要是敢跟进来……我……"想了半天，恶狠狠地说，"我就叫警察！"

那只猫鄙视地看了他一眼，一弓身就跃上了墙，飞快地爬了几步，就翻墙进去了。

时遇权傻眼，这猫是要跟他干上了！他开门进去，就看见猫已经跑到了二楼露台上，只有危晓那间屋的灯是开着的，所以它迅速地跑到了危晓的阳台门外，用爪子在挠门，想要进去。

也许是因为最近气温下降，外面太冷了这猫才会想跟人回家吧。可这态度也太嚣张了些，它凭什么觉得它想干什么人类就该让它得偿所愿呢！

时遇权端着水和药一起上楼，放下托盘后，径直走到阳台，"哗"地拉上了窗帘，那猫恨恨地"喵"了一声，绵长幽怨。

危晓听见动静，从被子里钻了出来，四处张望。

"是饺子吗？"

"什么饺子？"

"猫啊，你的猫，我不怕它了，你让它进来吧。"

时遇权只当她是发烧了胡言乱语，把药递给她："先吃药。"

危晓听话地把药吞下："我以后再也不逼你做你不喜欢的事了，我也会爱你所爱的一切，我们不要离婚，好不好？"

时遇权眉头一皱，她到底在说什么？不是说老公去世了吗？怎么突然又从丧偶变成离异了？

他恍惚片刻，就被危晓抓住了，她圈着他的胳膊，靠了过来："我真的很喜欢你，很喜欢很喜欢，我以前没有发觉，是我的错，以后我再也不会任性了……"

"你……知道我是谁吗？"

"你是我老公。"

"我不是。"

危晓松开手，认认真真打量了时遇权一番，很肯定地点头："你是，你就是我老公。"

时遇权叹了口气，又问了一遍曾经问过的问题："我和他长得到底有多像？"

"你好奇怪，怎么会说自己跟自己长得像？"

知道现在跟她有理说不清，时遇权便帮她把枕头放平："你睡吧，好好睡一觉，要是四个小时之后不退烧，就一定要去医院。"

危晓听话地躺了下去，可就是舍不得闭眼，她已经好久好久没有看见时遇权了，她害怕自己一闭眼他就会不见。

"你睡吧，我不会走。"高烧不退可大可小，时遇权不会任由她在这里自生自灭。

"如果一切可以重新来过……如果……要是能重来，我要选李白。"

"什么意思?"

"几百年前做的好坏,没那么多人猜。"

危晓嘟嘟囔囔唱着奇怪的歌,慢慢睡着了。时遇权当她是烧糊涂了,把退热贴贴到她的额头,然后关灯,只留一盏床头灯,靠在床边的单人沙发上打盹儿。

四小时后,时遇权的手机闹铃震动,他醒了过来,给危晓量了体温,烧已经退了,他总算松了一口气,给她换了个退热贴,然后走了出去。

外面天已经快亮了。

他去厨房用电饭煲煮了粥,然后回房去睡觉。

危晓醒来的时候,头疼欲裂,她打开窗帘,外面阳光正好。想起昨晚居然被个假僵尸吓得失态,就觉得自己真庛,再也不想提这件事。下楼闻见粥香,又看见时遇权无精打采地从楼上下来,就紧张地问:"你生病了吗?"

时遇权觉得莫名其妙:"我生病了?"

"餐桌上有药,锅里有粥,你脸色这么差……"

"呵,你还挺会联想。"时遇权懒得跟她解释,更何况,他不想让她知道他守了她一晚。

"我去帮你盛粥。"

"不用。"时遇权走到厨房,自己盛了碗粥,拿勺子搅拌着想快点凉下来。

"你怎么又变得这么凶?"

"我什么时候对你态度好过?"

"昨晚……哦……昨晚不是……"危晓带着十分惋惜说,"真希望你能快点长大。"那么他们俩的位置就可以互换，她就可以享受他的温柔并且往死里欺负他。

时遇权一口粥喷出来，"这叫什么话！我也只比你小八岁而已！别说得跟个大婶似的！"

"呐呐呐，你终于承认我不是大婶了！"

"我……我没有！"时遇权端着粥快速走出了厨房，不知道是因为粥烫还是被危晓传染感冒了，他现在感觉有些热。

危晓伸了个懒腰，想起来答应时遇权要辞职，就给料理店的老板打了个电话，老板让她干到他招到人为止。

时遇权听到了电话的全程，莫名有些愧疚，就给危晓盛了碗粥。

"其实，每个人都有他的秘密，我不应该总是把你想得很坏，我向你道歉，你可以不辞职，我管得太宽了。"

"没关系，下个月亿欢就要回来了，这份工作本来我就没打算长干，而且以我的体力确实吃不消，我毕竟是个比你大八岁的大婶……"

时遇权满头黑线："这个梗能翻篇了吗？"

"翻翻翻。"危晓觉得窘迫的时遇权十分可爱，"我也跟你说实话吧，我留在日本除了想看看我老公生活过的地方，其实还想找一个人，等我找到他，我就会回去。"她要找的是那个爱着她的时遇权，这样说并不算撒谎。

"你在找谁？"

危晓盯着时遇权，严肃地说："你不是说每个人都可以有自己的秘密嘛，就不要追问我了，反正我可以跟你保证，我对你没有恶意，对亿欢也没有恶意，我并没有想利用你们任何人，我留下来，只是想找到那个对我很重要的人。"

她的眼神很真诚，真诚到时遇权自惭形秽。他决定不再追究危晓的来历，不再探究她的目的，就像她说的那样，等有一天时间带给他答案。

时遇权去学校上课，刚放下书包，顾深深就走了过来，她难得碰到一个跟自己年纪差不多的同学，所以很关心危晓。

"危晓没事吧?"

"没事。"

"她今天来上课了吗?"

"来了。"

"没事就好。"顾深深感叹，"幸好你们回去得早，后面还有吸血鬼和干尸。"

时遇权昨天没睡够，精神不太好，不想和顾深深聊天，便敷衍地"嗯"了一声，然后把课本从书包里拿出来。

顾深深看到他课本扉页上的简笔画，是一个扛着长剑的英俊少年，一脸桀骜不驯，她眼睛一亮："这是你画的吗?"

"嗯。"时遇权迅速把书合上，不是很想让人看到的样子。

顾深深有些尴尬地回到了自己座位，脑海里不断浮现那个少年。

画风清新，笔法隽永，留白适当，那个少年只是倨傲抬眉，一个表情就写满了故事，能让她燃起对他前世今生的好奇。

是个画漫画的好苗子，只是好像有些讳莫如深。

顾深深想起危晓，脸上露出了淡淡的笑意。

过了几天，又是周末，危晓已经辞去了料理店的工作，所以便在家大扫除。她正撸着袖子卖力刷浴缸的时候，门铃响了。她走过去看对讲机，屏幕里竟然是顾深深。

顾深深今天穿了一件驼色的大衣，化着淡淡的妆，及肩的长发烫着自然而温婉的波浪卷，看上去大方优雅，只是盈盈弯眉之下，却有一双让人看不透的眼。

危晓应了门，请她进来，卸了浓妆之后的顾深深让危晓有一种似曾相识的感觉，她歪头想了很久，好像并未和时遇权这位传说中的"审审"编辑见过面。

顾深深穿过小院，走进客厅，笑着把手上提着的点心递给危晓。

危晓客套地说："来玩就好了，带什么东西。"

顾深深笑得越发真挚："只是一点儿小点心，我自己做的，给你尝尝看。"

"那就谢谢你了，请坐。"危晓把顾深深引到客厅坐下，又去端茶，"你今天是专程来看我的？"

"算是吧。"顾深深往楼上瞥了一眼，"时遇权今天不在？"

"他啊……"想起韩亿欢的话，危晓心里警铃大作，表面装作不以为意的样子，"他去打工了，要到晚上八点才能回来。"意思是你不用等了，他没那么早回来。

顾深深点了点头："我听说他家境并不差，他为什么要这么密集地去打工？"

"这我就不太清楚了……"清楚也不告诉你。毕竟两人年龄相当，若论成年人虚情假意的社交礼仪，危晓也不差，于是便转弯抹角地打听，"我听说你参与制作了好几款爆红的游戏，为什么突然放下国内的事业来日本？"

"做游戏太费脑子，我再做下去就要绝顶了。"顾深深端着茶喝了一口，笑着说，"我比较喜欢慢一点儿的生活节奏。"

两人刚聊了几句，门铃又响了起来。危晓跑去一看，对讲机画面里竟然是韩亿欢和绪天赐，还有好几个巨大的行李箱。她忙跑去门口帮忙拿行李，有些错愕地询问："亿欢，你怎么这么早就回来了？"

韩亿欢黑着一张脸，不说话，闷闷不乐地往屋子里走去。

绪天赐一手提一个大箱子，小声跟危晓解释："被淘汰了，心情不太好。"

危晓了然地咋舌，把剩下的两个小点的箱子提了进去。

客厅里，一向目中无人的韩亿欢根本不顾家里有客人，正在往楼上走，顾深深朝着楼梯的方向礼貌地自我介绍："韩小姐你好，我是时遇权的同学，顾深深。"

韩亿欢脚步顿时停了下来，然后一转身，咚咚咚地跑下楼。

"你就是顾深深？"

顾深深含着笑意点了点头。

"你来干什么？"韩亿欢一身戒备，仿佛随时要跟她拼个你死我活。

这也太明显了，危晓忙打岔说："她来看我的，前几天万圣节游行 party 我出了点小意外。"

韩亿欢放松了少许，便装模作样地说："你请坐吧，我刚回来有点累，就不陪你了。"又回头朝危晓使了个眼色，"帮我把我背包拿上来。"

危晓拎着包去到韩亿欢房间，就被她一把抓住："快说！万圣节那天到底发生什么事了！她和阿权有没有什么不对劲的地方！"

"那天晚上她扮埃及艳后，很出风头，很多人围着她，所以刚到涩谷，我们就分开走了，后来我被一个僵尸吓到了，然后时遇权就跟我一起回来了，他们俩之间什么都没发生。"

韩亿欢以为危晓是特意装被吓以达到隔开时遇权和顾深深的目的，赞许地说："干得漂亮！"

危晓任由她误会："你到底从哪得到的消息说她对时遇权有企图的？"

"这个你别管，我多的是线人。"韩亿欢向来舍得花钱交朋友，所以消息很是灵通，"我听说她一去学校就主动要求和阿权做同桌，虽然被阿权拒绝了，但是每天还是会在课间去找阿权说话。"

"你想多了吧，我感觉以她的 level，应该……看不上……时遇权这种小鲜肉吧……"说到后来危晓自己也没了底气，因为脑补一下，顾深深和时遇权站在一起还挺相配。

"小鲜肉这词倒挺新鲜，对于她这个年纪的欧巴桑来说，我阿权哥哥确实又鲜嫩又可口。"

危晓最烦别人提欧巴桑，翻了个白眼："她比我还小两岁呢……"

"你跟她又不一样，你对我家阿权又没有企图。"韩亿欢没有注意危晓的脸色，自顾自地说，"反正我不管，谁想接近阿权谁就是我的敌人，危晓你努把力，考到高级班去，然后我就天天去上课，盯死他们。"

"你……真是好瞧得起我哦。"虽然学校有跳级制度，只要能过考级试，就可以从初级班直接跳到高级班，但以危晓这样的水平，刚学两个月日语就想一蹴而就，无异于天方夜谭。

她觉得放顾深深一个人在楼下不太礼貌，便说："你先收拾行李，我去把她打发走，带火锅底料了吧，晚上我来做火锅！"

"好啊好啊！"

危晓便下了楼，绪天赐和顾深深正在尬聊，看到她下楼松了一口气。

顾深深站了起来："我晚上还有事，就不打扰你们了。"

"那我送送你。"

正要出门，就看见时遇权背着书包走了进来，看见家里突然这么热闹，很意外："你们怎么都在？"

危晓赶紧抢着说："你今天怎么这么早回来？是知道亿欢回来了吧，她就在楼上，比赛结果不是很好，你去安慰安慰她，深深来看我，现在要走了，我去送她就行。"

时遇权点了点头，往楼上走去。

危晓送顾深深出门，顾深深问她："你跟时遇权住在一起，应该很熟吧。"

"算……熟吧……"

"你有没有见过他画漫画？"

"漫画？"危晓手托下巴，一脸震惊，这个顾深深八成真是时遇权那个伯乐编辑！可她现在还是个学生，那么也就是说，时遇权要等到她毕业之后才会走上职业漫画家的道路？

"他是个很有天分的作者，不瞒你说，我也画过几本，但是比起他来差远了，所以如果他有兴趣，我很想把他引荐给我的编辑。"

"他他他……"危晓激动起来,"他有兴趣的!他很会画的!"

"那你帮我问问他。"

"好的好的!"

顾深深朝危晓摆了摆手:"就送到这吧。"然后转身朝着车站走去,低下头,脸上露出了一丝略带城府的笑容。

其实她进学校之前在咖啡厅捡到过时遇权的画本,虽然只是寥寥数笔,她却看出来他很有天分,后来发现他跟她同班,便有意想要接近他。她在教室试探过时遇权,可他对于漫画好像有什么心结,她不想贸然去打听,以免跟时遇权闹僵,所以便想利用危晓去劝说时遇权画画。如果时遇权肯投稿,那么她和那个人之间,便可以顺其自然地联系了吧。

顾深深抬头望了望天,天空湛蓝,可她的心却像是大雨将至,潮湿阴冷。他是她的编辑,也是她的老师,他发掘她的天赋,带她入行,她却因为他拒绝了她赌气转行去做了游戏。兜兜转转好几年光阴转瞬而过,她才发现,原来她的心里一直未曾放下他。于是再次联系他,他却说除了工作与她没有可聊的话题。她知道,她又一次被拒绝了。心灰意冷之下,辞职来到日本,一是想散散心,另外也是想重拾画笔,好继续给他投稿。如果有了时遇权,那么她和他见面的进程便能加快了吧。

天真的危晓丝毫没有发现自己被人利用,反而觉得属于时遇权的机会来了,满心都是汹涌澎湃的热情。

回到屋子里,韩亿欢正在摆摊显摆零食,沙发前的地毯上,牛肉干、猪肉脯、鸭翅膀……堆成了山。

"危晓你来你来,想吃什么随便挑。"

危晓随便捡了一袋牛肉干拆开："亿欢，你买这么多不怕过期吗？"

"会过期吗？"大小姐忙去看保质期，"真的哎，三个月就要过期，你们要努力吃啊。"

"再怎么努力也不能当饭吃，肯定吃不完。"

韩亿欢瘪了嘴："那怎么办？我好不容易背过来的，好累好累的。"

绪天赐怨念地说："你哪有背，明明都是我……"

韩亿欢狠狠瞪了他一眼："我又没让你跟我买同一个航班，是你自己非要跟我一起的！"

"好好好，我错了还不行吗？吃不完我帮你解决。"

危晓朝绪天赐挑了挑眉，意思问这趟回国他们之间有没有进展，绪天赐无奈地摇了摇头。

韩亿欢又从行李箱里拿出一个大包，里面全是火锅底料，看得危晓两眼放光，她一把抓住了一个红彤彤的重庆火锅底料："今晚我们就吃这个，我去超市买食材，谁跟我一起？"

韩亿欢嫌弃地白绪天赐一眼："你想留在这里吃饭就要帮忙，快去陪危晓买菜。"

绪天赐可怜巴巴地站了起来，他陪着韩亿欢回了趟国，她丝毫不感动，反而对他越发变本加厉呼来喝去。

出门之后绪天赐就开始吐苦水："我看我是一点希望都没有了，无论我对她怎么好她都觉得理所当然，我每次跟她表白她都说我是开玩笑。"

"放心吧，你有机会的。"

"你怎么知道？我看她把我们支出来分明是想跟时遇权单独相处。"

"他们俩最后绝对不可能在一起。"

"危晓，你会看相？"

"不会啊。"

"那你怎么能这么肯定？"

"我能未卜先知。"危晓拍了拍绪天赐的肩膀，"别想那么多了，能在自己所爱的人身边陪着她哭闹笑，本身就是一种幸福。"

很快他们就从超市回家了，拎着大包小包进屋的时候，就看见韩亿欢和时遇权正抵着头在看什么资料，两人指指点点，眉头皱得很深。

"我觉得这家不错，毕业的学生有很多都活跃在舞台剧的舞台。"

"可是这家有优先录取巴黎歌剧团的机会。"

"这家的声乐教授以前在奥地利音乐学院执教过。"

……

危晓把购物袋都放到地上，好奇地问："你们在干什么？"

时遇权抬起头来："亿欢说要报一个声乐类的学校去进修一下。"

韩亿欢鼓着嘴说："这次我输在了不专业上，我钢琴弹得虽然很棒，但是唱歌没有经过专业指导，天资一般，所以评委组觉得我出唱片没前途，就黑幕淘汰了我。"

危晓捏着她的脸鼓励她："加油，这次不成功下次一定行！我先去给你做饭。"

绪天赐跟着危晓进厨房打下手，很快就可以吃火锅了，时遇权看了一眼他们端出来的食材，问："买虾了吗？"

　　"有。"

　　"那为什么不做虾丸？"

　　危晓一听，便说："本来想做的，可我看已经很多菜了就……我现在就去做！"难得时遇权点菜，她肯定会竭尽全力去满足。

　　在厨房去虾线的时候，她突然有些恍惚，上次吃火锅，早上她睡醒，看见碗里有一个虾丸……难不成她喝醉之后给时遇权做了一次虾丸？时遇权觉得好吃所以这次又点？

　　虾丸端上桌，韩亿欢咬了一口，说："阿权，这次不是你做的吗？没有姜，不好吃。"

　　时遇权"嗯"了一声。

　　危晓像是看到什么怪物，难以置信地确认："你会做虾丸？上次我们吃火锅你做过虾丸？"

　　时遇权一副"这有什么大惊小怪"的表情。

　　危晓绞尽脑汁，回忆上次吃火锅的情形，明明全部食材是她准备的，时遇权连厨房都没进，怎么会做了虾丸？

　　韩亿欢咬着蟹棒说："还是你教阿权做的虾丸，怎么你不记得了吗？"

　　"我？"

　　危晓沉睡的记忆忽然就燃烧了起来，她终于想起来，是她死乞白赖找时遇权要虾丸吃，所以他才去做的。

　　他竟然听了她的话？危晓去看时遇权。

　　时遇权淡淡地说："上次你威胁我，如果不做虾丸就出绝招，所以我妥协了。"

危晓恍然大悟："哦，那可真是难为你了。"绝招就是背后哈气，时遇权最怕这个。

韩亿欢夹了个虾丸，吃进嘴里便皱了皱眉头："没有阿权做的好吃，你都没放姜。"

"我不喜欢吃姜。"

"为什么？"

危晓的眼神像是微弱的火苗，被风一吹就要熄灭："我老家特产是姜，从小我家里每道菜里都有姜，那股味道我很不喜欢，小孩儿子么，都不喜欢辣辣的味道。但是我妈做菜又很喜欢放，所以我经常和我妈闹别扭，最后闹到了绝食，我爸就给我做姜糖糕，用红糖面粉和老姜，蒸出来松软可口，甜味中和了姜味，我很爱吃，也就慢慢适应了姜的味道。但是后来，我爸走了，没人给我做姜糖糕，所以就再也不吃姜了。"

韩亿欢好奇地问："你爸爸去哪儿了？"

危晓耸了耸肩膀，一副无所谓的样子："他来日本了，过了一年就跟我妈离婚，接着在日本再婚了。"

"啊？你爸怎么这样！"韩亿欢义愤填膺，"他在日本哪儿？我帮你找他骂一顿！"

危晓满不在乎地说："不知道，成年人都是利己主义者，他做有利于他自己的决定也没错。"

气氛一时有些沉重，大家都默默的不说话。

忽然，慢半拍的绪天赐傻乎乎地说："我知道了！你不是不能吃姜，你只是因为被爸爸背叛，因为恨他所以再也不想碰跟他有关的记忆，所以你才拒绝和姜有关的一切！"

危晓给他夹了一块豆皮："你说得对，奖励你！好了，我们不说以前的事了，快点吃饭。"

氤氲的雾气中，时遇权一直筷不停歇，但表情却若有所思。

"我好想去京都玩啊。"韩亿欢有些难过，她没有拿到前三，她和时遇权的约定也泡汤了。

没想到时遇权却说："我也好想去啊，好久没有出去玩了。要不然我们一起去？"难得亿欢肯为自己的梦想付出努力，他想好好鼓励她。

韩亿欢愣了片刻，随即神采飞扬起来："那我们这周末就去！"

绪天赐咽下好不容易嚼烂的满嘴金针菇，举起了手："我也要去。"

韩亿欢瞪他："你去干什么？"

"我给你们当向导，我还可以负责订车票订旅馆租车做司机带你们到处玩。"

时遇权一听有苦力便欣然同意："那就一起吧。"看了看旁边闷闷不乐吃土豆的危晓，又说，"干脆把大婶也带上吧。"

"我？"突然被点名的危晓与有荣焉，惊喜地抬起了头。

韩亿欢拼命给危晓使眼色："你有钱买车票吗？"她想让危晓能懂她，不要去当电灯泡。

危晓装作看不懂，直点头："我有啊，前段时间你不在家，我打工挣了点钱，我自己那份花销我可以出。"

韩亿欢气结，但也不好再说什么，时遇权同意陪她去玩已经是意外之喜，她不想横生波折，多两个人就多两个人吧，总比不去强。

吃完饭，危晓在厨房洗碗的时候，时遇权正好进来找咖啡，她便抓住机会叫住了他。

"时遇权，你画漫画吗？"

时遇权想都不想就说："不画。"

"你书架上那么多漫画书，你一定很爱看漫画，怎么会不画呢？"

"你这个逻辑通顺吗？你有那么多衣服，难道你就会设计衣服？"

危晓被他堵得哑口无言，又没有办法直接说你以后可是知名漫画家，还有在日本杂志连载的漫画，你是有天分和实力的人……只好眼巴巴看着时遇权离开了厨房。

她回想时遇权和她在一起的日子，他明明是把漫画当作一生执着的事业，又怎么会在年轻的时候对漫画如此无动于衷呢？

第二天，她趁着时遇权去打工，偷偷溜进了他的房间。

他的房间很整洁，整洁得不像男生的房间，她不敢乱翻，怕会被时遇权发现痕迹，于是就在房间里转来转去，四处张望。书桌上有一个台历，上面有他每天的日程，危晓看到他把 12 月 15 日用红圈圈了起来，旁边写着交学费。

难不成是因为生活压力太大，所以没有时间创作？这个可能性很大，她听韩亿欢说过，时遇权现在所有的生活费和学费都是自己打工挣来的，日本物价这么高，他不努力可能就活不下去了，至于梦想，当然要先为生存让路。

危晓做了个深呼吸，决定要为时遇权做些什么。

可她还没想到怎样为时遇权做些什么，绪天赐就来找她了。

绪天赐家的房子因为年久失修，所以一次三级的小地震就把屋顶震塌了一块，绪爸爸盖新房的进程便猝然加快了许多，可是找了几个设计师，设计出来的方案都不满意，危晓有次看到绪天赐包里的设计图纸之后，就说了几句意见，结果恰恰让绪爸爸很欣赏。绪爸爸听说危晓是从国内来的建筑设计师，便让绪天赐约危晓见一面。

他们约的那家餐厅正好是时遇权新找到的打工的地方。他拿着菜单走到靠窗那一桌，发现是危晓，愣了一下，但是什么都没说，按照工作流程问她要点什么。

危晓也吓了一跳，立刻关心地说："你怎么在这？你又找了一份兼职吗？你这样还有时间学习吗？"

时遇权用日语礼貌地回答："小姐，我现在是工作时间，麻烦不要跟我谈私事。"

危晓便讪讪地说："我朋友还没来，等人到齐了再点。"

时遇权便拿着菜单走了。

大约十分钟之后，绪天赐和绪爸爸来了，再过来点单的服务生不是时遇权，换了一个人，危晓越过这个服务生，看见时遇权正在为另一桌上菜。

绪天赐问她在看什么，她指了指那个方向。

"时遇权怎么也在这里？"

危晓摇摇头。

绪爸爸亲切地说："危晓，你想吃什么随便点，叔叔今天有很多事情想要咨询你。"

"叔叔您别跟我客气，我来日本人生地不熟，是天赐帮了我很多忙，您家的事就是我的事，我义不容辞。"

"你也太客气了，我们都是中国人，互相帮忙是应该的。"

时遇权在给邻桌上菜或者点单，走来走去的时候，就听见危晓拿着一堆图纸，正在跟绪天赐和他爸爸说不足之处，又提了很多解决方案，他听得不是很懂，危晓用的那些词都很专业，如果不是真的从事建筑行业，应该没办法那么熟稔。

绪爸爸频频点头，末了赞叹道："你说得对，我就想要你说的这种房子，你规划的空间十分合理，你看你修改的这张草图，就比他们设计的好多了。危晓啊，你能不能帮我做我的新家设计？"

"叔叔，我很想帮你，但我现在在日本没有资格从事建筑设计行业，我要是帮你是违法的。"

"我听说你在国内有建筑设计事务所，我可以委托给你国内的建筑设计事务所，这样就合法了。"

危晓面露难色："这个……可能有些不太方便……"

绪爸爸不解："为什么？"

危晓沉默，她那家"初晓"这个年代现在在国内查都查不到……

绪天赐便说："爸，你不要强人所难嘛，危晓有她自己的难处，我们再找别的设计师好了。"

危晓感激地看了绪天赐一眼，然后诚恳地说："叔叔，我真的没有办法帮您做设计，但是如果您的设计师肯接受我的建议，我不介意跟他交流探讨。"

绪爸爸有些失望："真遗憾，我很难遇到像你这么懂我的人。"

"我们做建筑设计师的肯定都会提前去了解清楚客户需求，去做对应的设计，我相信日本的设计师也一样，只不过我们的文化始终有差异，我们之间没有隔阂，所以您才会觉得我比较懂您。"

"那你答应叔叔，下次叔叔去跟设计师开会的时候，你陪着我一起去。"

"一定。"

"爸，这些事以后再说，菜都快凉了。"

"对对对，危晓，来，我们吃饭。"

时遇权感觉自己从未见过这样的危晓，她在谈起建筑设计的时候是那样自信，仿佛一切尽在掌握之中，说起方案行云流水，对于每一张图纸的优缺点侃侃而谈……如果不是有长年的经验和专业基础，她无法这样运筹帷幄。

这样的危晓，眼里有光，坦荡从容，很有魅力。

难道她真的在国内有家建筑设计事务所？那她到底为什么要留在日本？就算是疗伤，为了逃避将国内的事业全都抛弃也说不过去吧。莫非她其实是在找她爸爸？

第七章

京都之行

　　危晓陪着绪天赐和他爸爸去跟设计师开了几次会，最终确定了设计方案，他们也到了去关西旅游的时候。

　　周五下课之后，绪天赐便召集了大家在学校集合，然后一起坐新干线前往京都。到达京都的时候刚晚上八点，他们在车站旁边订了家酒店，放下行李后，就去附近觅食。

　　饥肠辘辘，他们随便进了一家居酒屋，点了一些食物。

　　韩亿欢问绪天赐："我们接下来的行程是什么？"

　　"我们明天上午去稻荷大社，下午去岚山，晚上住在岚山附近的温泉旅馆。第二天早上坐小火车上山，下午回东京，正好不耽误周一上课。"

　　"行程是不是太赶了？"

　　"我明天早上去取提前租好的车，不会很赶。"

　　危晓对小天使双手点赞，跟他一起出来玩简直太省心了。

　　吃完饭，几个人一起在街上漫无目的地走着，危晓突然有了一种大学毕业旅行的感觉。只不过那时候她一心急着找工作，所以错过了毕业旅行，现在也算是一种弥补。

那一年正好是奥运会，整个 A 市的高校为了迎接奥运，让毕业生提前一个月毕业，她晕头转向才搞定了工作和租房，没有来得及参加同班的毕业旅行。通过试用期之后，想着盛世难逢，便去买了一张很冷门的比赛门票，没想到，就遇到了时遇权。

其实仔细回想，那时候的时遇权和现在差不多，一张脸总是冷冰冰，生人勿近的样子，他们之间隔着一家三口，那个熊孩子嚼了泡泡糖，朝她脸上吐吹起来的泡泡，她让孩子爸妈管一管，他们没当回事，那孩子便越发嚣张，把泡泡糖粘在了她的头发上，还朝她有恃无恐地做鬼脸。

她怒了，拿出自己的口香糖，跟这孩子开启对战模式。

最后这孩子输了，嗷嗷大哭，孩子爸妈又骂她欺负小孩儿，动静闹得大了，志愿者们便过来询问出了什么事，孩子爸妈颠倒是非，把她描述成了一个打小孩儿的恶毒女人，围观了全程的时遇权坐在那里一动不动，连句话都不肯帮她说。

她烦透了，比赛没看完就退场了，结果在门口遇到了时遇权。她想问时遇权为什么不帮她澄清事实，时遇权看见她却越走越快，她没有赶上他，站在场馆门口生闷气，志愿者们追了出来，说捡到了一个钱包，她一看钱包里的身份证是时遇权的，就自告奋勇要去还给他。

她给钱包里名片上的号码打电话，几经周折，联系到了时遇权，时遇权让她把现金都拿走，把钱包和身份证信用卡寄到他家，她也不知道怎么想的，直接坐着公交车就去了他给的那个地址。

A 市的夏天其实不算太热，尤其是夜晚，甚至可以说很凉爽。她在那栋公寓的大堂，等到了十一点，时遇权看见她，却连一句谢谢都没有，拿了钱包就走。

　　她当时极为愤怒，可时遇权却很冷漠地说："我并没有叫你过来。"

　　说真的，如果不是时遇权长得好看，她当时可能会爆粗口，可她就是肤浅，冲着时遇权那张无可挑剔的脸，脸红红地怂了。

　　她刚出公寓大门，外面突然下起了雨。她被拦在屋檐下，不知所措。夜雨寒气逼人，她打了好几个喷嚏。眼看着就要错过末班车，她狠了狠心，打算冒雨冲去公交车站，抬脚刚下台阶，头顶就多了一把伞。

　　时遇权依旧是像她欠了他五百万一样拽得二五八万，甚至不看她的眼睛，他说："以后不要多管闲事，不是所有人都像我这么好心。"

　　她当时就想喷他一脸：你好心？你是不是对好心这两个字有什么误解？

　　那天晚上，他送她回家，发现她住在一个群租房里，一个三室两厅被隔成了十几间屋子，将近凌晨各个房间里还是吵吵扰扰，厨房和卫生间的垃圾堆得跟山一样，恶臭扑鼻。他语气里的嫌恶毫不掩饰："为什么不租个单身公寓？"

　　"没钱。也不想一个人住。"她自嘲地勾唇，"我怕孤独死都不会有人知道。"

　　时遇权似是震惊，眸色刹那染上了心疼，她的潦倒与寂寥，从那一刻渐渐停止。

她后来无数次地想过，时遇权对于她，刚开始可能只是保护欲作祟，就像是心肠柔软的猎人，碰到了一只雪地里孤独无依的兔子。

每当这时，时遇权总是揉揉她的头发，笑说她想象力丰富，然后搂得她更紧。

那么那么好的时遇权，她是怎么把他弄丢了呢？

"危晓，你在哭？"

是韩亿欢困惑的声音。危晓用手指勾去了眼泪："不是，太冷了，你们逛吧，我先回去了。"

她转身，紧了紧毛衣外套，往民宿方向走去，仰着头，眼泪却怎么也止不住。

就算还有机会和时遇权重来，她也没有办法原谅自己从前那样任性肆意地践踏时遇权对她的好，她也没有办法原谅自己吵架时口不择言伤害过时遇权，她有罪，她真的有罪，上天给她最好的礼物她却吹毛求疵，所以她活该沦落至此。

无论如何她一定要尽自己最大的能力去保护现在的时遇权，要帮他实现所有梦想，就像他曾经那样无私对她宠溺一样。

第二天一早，一夜未睡的危晓便起床，在民宿附近转了转，发现了一家小小的神社，大约两百平的面积，中央是一棵十人合抱的参天大树，挂着一个古树保护的牌子，她本来以为这么早不会有人，结果竟然看见了时遇权。

他站在神殿前面，低着头，双手合十，似乎正在祈福，几秒之后，他抬起头来，双手合十拍了两下掌。

回过头，看见危晓，他很意外，但却没有说话，只是定定地看着她。

刚刚五点的深秋清晨，天还没有亮透，万籁俱寂，空气中弥漫着让人微醺的烟雾，危晓有种错觉，她在做梦，她来日本，她失去时遇权，时遇权对她种种的好，统统都是做梦，只有此刻才是真实，只有眼前这个对她充满着防备和疏离的男孩儿才是真实。

前世今生，幸福圆满都是前世，求而不得才是今生。

时遇权慢慢走过来，看向她的眼神一如既往冷淡："这里没什么好看的，走吧。"

危晓亦步亦趋地跟了上去："你怎么起得这么早？"

"我一向起得很早。"

"你许了什么愿？"

"什么都没有许。"他说这话的时候有些不自然，一看就是撒谎。

"哦。"危晓有些失落，她真傻，时遇权怎么会跟她交心。

回到民宿，绪天赐刚刚起床，看见他俩一起回来，颇为震惊，"你们俩……"

危晓随口解释："在附近散步遇到的。你要去干什么？"

"我去拿车，等下吃过早饭，就可以出发了。"

"好，那我先回房间收拾一下。"

这个季节，正是日本一年一度的红叶狩，春天的樱花狩和秋天的红叶狩是日本人民两大郊游狂欢节日，春天自南向北，秋天自北向南，樱花次第开放，红叶陆续着色，有心人能一路追随下来，称之为狩。

而京都因为满城建筑古色古香，别有一番韵味，更是赏枫季人们接踵而至的名所。

他们上午去伏见稻荷大社，稻荷大社就在稻荷山，供奉着传说中掌管谷物和食物的稻荷神，被认为保佑五谷丰收，衍生为商业繁荣，他有两个随从，是白色的狐和狸猫，狐狸就是稻荷神的使者，所以大社内到处都可以看见口中叼着稻穗或谷物的狐狸，接受人们的膜拜与礼敬。

　　大社入口处矗立着一个超大的鸟居，据说是丰臣秀吉所捐赠，后面便是神社的主殿和其他建筑物，和一般神社基本一样，有撞钟祈福的场所，有御守的售卖处，还有求签处。

　　趁着绪天赐去停车，韩亿欢求了很多御守，又去求了支签，小脸便瞬间耷拉下来。

　　日本一般神社的签都是大吉、中吉、小吉、末吉或者凶、小凶、末凶、大凶这样次第排列，浅显易懂，但是伏见稻荷大社却与众不同，没有纯粹的凶签，倒是有些绕口令一样的：凶后吉，凶后大吉，吉凶相伴，吉凶未分，末吉……

　　韩亿欢抽到的这支是吉凶相伴，姻缘那栏意思是她所求不会有结果，劝她迷途知返。韩亿欢当下便心如落石，看了看不远处正在神殿前许愿的时遇权，他正好回头看她，她便重拾笑颜，果断把签文叠成长条，系在了旁边专门用来系凶签的绳上。

　　神神鬼鬼的事信则灵，不信则不灵，她选择不信这支签，相信自己的直觉，时遇权肯主动陪她来京都，这在从前是她想都不敢想的事，这还不能说明他们之间的关系已经大有进展？

　　危晓也在求签，韩亿欢等她的签文一展开，就伸手抢了过来。是张吉凶未分，末大吉。

　　韩亿欢有些看不懂："又吉又凶是什么意思？你在问什么？"

危晓把签文拿到自己手里，忽然就笑了，她把签文叠好放进自己的钱包里，然后一本正经地跟韩亿欢说："我在问什么时候你能给我涨工资。"

　　"那你直接问我比较快。"

　　时遇权正好走过来，韩亿欢便问他："阿权阿权，你为什么不求签？"

　　"为什么要求签？"

　　"你对自己的未来就没什么好奇吗？"

　　时遇权摇了摇头，指着山顶："你们再磨蹭，等会就来不及了。"

　　"我不想爬到山顶，看看鸟居就是了。"韩亿欢把相机塞到时遇权手里，"帮我拍照。"

　　伏见稻荷大社最出名的便是千本鸟居，这些鸟居都是得到庇佑的公司回来捐赠的，一共几万座，一直延伸到稻荷山顶，绵延数公里，朱红色的鸟居像一扇扇门组成的时光隧道，仿佛能连接过去和未来，引人探究。

　　未来，究竟是个什么样子？

　　时遇权微微皱起了眉头。他对于未来并不是没有好奇，他只是不想让求到的签影响他的判断，他始终只愿意由自己去掌握未来的走向。

　　他举起相机，镜头里的韩亿欢欢脱得像一只刚下山的小狐狸，在鸟居之间肆意地奔跑。他微微笑着，如果能跟韩亿欢一样，永远都不会长大，永远都像个孩子，心无旁骛，多好。

　　绪天赐和危晓慢慢跟了上来，危晓逐座鸟居看过去，里面有不少由现在日本的知名企业捐赠，有很多已经年代久远朱漆斑驳，每座鸟居仿佛都在诉说一个故事。

危晓忽然感慨："人是多么贪心的动物啊。"

绪天赐看着她，不解地问："怎么这么说？"

"这些鸟居难道不就是欲望的体现吗？"因为有欲望，所以才会求神明保佑。

时遇权接了一句："可是若没有欲望，没有野心，人生该多无味。"

危晓突然一个激灵——她无法相信，这句话是由时遇权说出来的，她还以为他一直都是那么清心寡欲随遇而安的人，没想到他也曾有过灼灼野心。是啊，哪个少年不曾满腔热血呢？只不过后来经历得多了，慢慢沉淀了，才会改变。她真是幼稚，到三十岁才明白这个道理。

从稻荷大社出来之后，他们便直奔岚山，先到山边的民宿，这家民宿是私人别庄，自带温泉，只有五个房间，从里到外只有一个老奶奶，既是店主，也是服务员。

她自我介绍说姓佐佐木，然后领着他们去二楼的房间，男生一间，女生一间，分别在走廊的两端。

佐佐木奶奶说温泉在后院，不分男女，只要使用的时候关上门就好，她笑起来慈眉善目，危晓很喜欢她，就跟她闲聊了一会儿。

"整家店就您一个人，不累吗？"

"我们家店小，客人并不多，所以不累。"

"客人不多为什么您不搬去市里住呢？这里……总归是有些寂

宽的吧。"除了红叶季和樱花季，来这里的人可能不会多。

佐佐木奶奶摇了摇头："我和我先生一起在这里住了四十年，这个家每一寸都有他的痕迹，我不想离开，守在这里，总算可以日日睹物思人，如果离开，在这个世界我就真的无以为伴了。"

"抱歉……"危晓并不知道她先生已经去世，脸上露出了愧疚的神色。

"没关系，已经过去了五年，我早就已经平静了。你们先休息一会儿，我去准备晚饭。"说完，佐佐木奶奶便迈着缓慢的步子下楼了。

房间是标准的榻榻米和室，韩亿欢打开日式的木格窗户，就惊叹地"哇"了一声："好美啊！"

危晓闻声望过去，眼睛顿时亮了起来——外面的色彩丰富得就像油彩画一样，美得绚烂，美得瑰丽，美得毫不真实。

怪不得佐佐木奶奶迎他们进来的时候就说现在是最好的季节，客房的窗户正对着连绵不绝的山麓，成片的枫叶或黄或红，铺天盖地地朝着她眼底涌进来。

京都的枫叶就像它这个城市的气质一样，古朴、精致、悠然，仿佛千年之前的美女，从容优雅，有种脱离时代的淡然和别致。危晓觉得时间都静止了，她能听见风声、水声，还有落叶翩翩的声音。

这里真的美得超乎想象。

过了会儿，佐佐木奶奶就把晚餐送了上来，是传统的日式食物，盘盘碟碟摆了一桌，有沙拉、生鱼片、烤鱼、味噌汤等等。看得出来，食材都很新鲜，做食物的人也很用心。

危晓想象了一下她在厨房认真而又缓慢地准备这顿晚餐的情景，突然对她的坚持感同身受。

　　如果没有再次遇到时遇权，她的余生可能也就和佐佐木奶奶一样，靠着持续他还在时的生活状态来度过，看上去是无法离开旧地，实则是无法离开旧时光。

　　吃完饭，危晓把碗碟收拾好，送到厨房，一边帮佐佐木奶奶洗碗一边跟她聊天。

　　佐佐木奶奶问她："你喜欢日本吗？"

　　危晓沉默了片刻，她来日本之前并不喜欢这里，从小到大她都觉得日本像个黑洞，这个洞会吞噬掉人的本性，让人迷失自我，可现在的她越来越清楚明白，爸爸会迷失是爸爸的错，和地点没有关系。而且更重要的是，现在这里有时遇权，她又怎么会不喜欢？

　　她笑着点了点头："很喜欢啊。"

　　"你打算在日本一直待下去吗？"

　　危晓用抹布反复擦着一个盘子，有些怅然地说："当然想啊……"手上动作忽然停住了。

　　佐佐木奶奶提醒了她一个大问题：再过两年时遇权就该回国了，到时候怎么办？她如果跟着他一起回去，是不是就会回到十年后？那岂不是白白浪费了上天让她重来一次的机会？

　　所以她只有在两年内让时遇权爱上他，劝服他一直留在日本，才能跟他相守终生。两年，说长不长说短不短，可是以现在时遇权对她的态度，简直比登天还难。

　　她愁眉苦脸，佐佐木奶奶试探着询问："你有什么难处吗？"

危晓笑了笑："没有。"还是不要想以后的事情了，像时遇权以前经常跟她说的那样，珍惜当下吧。

她洗好碗从厨房出来，就看见韩亿欢拎着筐往后院走去。佐佐木奶奶喊住她，跟她说用温泉的时候，记得把通往后院的门反锁上。

"这里的温泉以前只有我们一家人用，所以没有设男汤和女汤，就麻烦你们当作私汤一样使用，每次进去之前锁好门。"

"好的，我们知道了。"

危晓把门的使用方法给韩亿欢翻译了，然后自己上楼，打算对着后山画几张素描。正好碰见时遇权也拎着筐从房间出来，便说："亿欢刚刚过去，你还是待会再去泡吧。"

时遇权愣了愣，想回房间，危晓又喊住了他："你来我房间等吧，这样亿欢一回来你就可以过去了。"

"好吧。"

时遇权跟着危晓进了房间，危晓见他不说话，就摊开了素描本，对着景色开始画画。一开始时遇权并没有注意她，打开电视去看新闻，可是他突然一转头，眼睛就移不开了。

危晓画的远景是外面的山林，近景是落在窗边的一片枫叶，她紧蹙着眉头，看着画本的表情认真而又光芒四射，时遇权忽然什么都听不见了，只听见她铅笔滑过画纸的沙沙声。

她的美术功底很好，她应该真的是建筑设计师，时遇权忽然对她产生了一种惺惺相惜的感觉，他也很爱画画，虽然他现在不画了，但他希望危晓能找到适合自己的位置，发挥自己的特长，她应该尽快回国去，而不是在这里浪费时间。她说她留在日本是为了找人，应该就是找她爸爸吧，他真的很希望她能尽快找到爸爸，尽快回国。

时遇权就这样静静地看着她画画，陷入了沉思，连韩亿欢进来了都不知道。

"阿权，你怎么在我们房间？"

时遇权收回了思绪，站起身："你回来了，那温泉就没人了吧？"

"没了。"

"那我要去泡了。"他拎着筐离开她们的房间，泡到池子里之后，他脑子里还是危晓画画的那幅画面，那一刻，她一点儿都不像他刚认识她时那个张牙舞爪的大婶，他发现她的侧脸线条很美，睫毛很长，细腻的皮肤上没有一点点皱纹，还有她的嘴唇，饱满而鲜润，怪不得口感还不错……

时遇权忽然惊恐——他这是怎么了！他怎么会在意淫一个大婶！是因为很久没谈恋爱所以荷尔蒙失调了吗？

不不不，这不可能，一定是温泉水温度太高，让他在高温蒸腾里产生了错觉。他坐在温泉池边，吹着寒风让自己冷静。结果到了晚上，鼻子就塞住了。第二天早上，本来他们约好一起去坐岚山小火车，登山去玩，时遇权感觉头重脚轻，根本起不来，绪天赐便带着危晓和韩亿欢去了。

时遇权睡到十点才起床，佐佐木奶奶正在二楼打扫，看见他从房间出来，便说："不必急着退房，你不舒服就多睡会儿，你的朋友们下午会过来接你。"

"谢谢您。"规定的退房时间是十点半，佐佐木奶奶可以说是很好心了。

"厨房有粥，我去给你拿。"

"不用麻烦您了，我去餐厅喝。"

时遇权到厨房盛了一碗粥，粥里有淡淡的薄荷味，喝了之后感觉鼻塞好多了。

佐佐木奶奶打扫完二楼，回到厨房的时候正好看见时遇权在盛第二碗，就笑着说："你觉得好喝真是太好了。"

"谢谢您，我住在这里真是给您添麻烦了，还要特意给我煮粥。"

"不是我煮的，是你朋友煮的。"

"他们不是出去玩了吗？"

"危小姐早上四点就起来了，熬好粥之后韩小姐和绪先生才起床。"

时遇权看着手里这碗粥，有些感动，昨晚他只是擤鼻涕的次数多了些，危晓就特意早起给她熬粥。

"危小姐说这个粥叫薄荷菊花粥，以前她生病的时候她先生就经常给她熬，可惜遗憾的是她还从来没有熬过给她先生喝。"

时遇权心忽然有点冷，她对他好，应该也是因为他长得像她老公吧，在她老公身上的遗憾，想在他身上一一弥补而已，他却差点当了真，可笑。

他把那碗粥放下，回房间又躺下了。

因为生着闷气，时遇权的病竟然又加重了。危晓他们回来的时候，他躺在榻榻米上，身上的汗已经浸透了被子。

绪天赐吓了一跳，赶紧把危晓和韩亿欢都叫了过来，佐佐木奶奶忙打电话叫了医生过来。

医生给时遇权打针之后，危晓和佐佐木奶奶一起送他出去。

站在院门前话别，医生关切地询问佐佐木奶奶："您的眼睛最近还好吗？那个手术还是尽早做比较好啊。"

"等我忙完了这阵子我就去医院。"

"您总是这么说。"医生忧心忡忡，"要是拖得时间久了，恐怕是要失明的啊。"

佐佐木奶奶一边点头一边说："我知道了，谢谢你，路上小心。"

医生走后，危晓便问："您的眼睛怎么了？"

"老人家的老毛病，白内障。"佐佐木奶奶伸手擦了擦眼睛，"偶尔看不清罢了，不是什么大问题。"

"您还是听医生的话，早点去做手术吧。"

"我走了的话，民宿怎么办？"佐佐木奶奶无奈地说，"我没事，不用替我担心，还是回去看看你朋友。他这种状况，今天估计是走不了了。"

佐佐木奶奶说得没错，时遇权打完针之后虽然退了烧，但是浑身乏力，像是虚脱了一般，别说坐车回东京，就是去趟洗手间都费力。

大家商量了一下，最终决定，留下来多待两天，等时遇权痊愈再回东京。

佐佐木奶奶听到这个消息，非常高兴，但又有些为难："你们的房间今晚已经有人订了，如果你们不介意的话，我把茶室收拾出来让绪先生和时先生住，危小姐和韩小姐可以跟我住一个房间。"

危晓并不介意，但是韩亿欢却有些不情愿，她不喜欢跟陌生人一起住。

　　时遇权看她这样，便说："亿欢，你们先回东京，我有个很重要的快递今天到，你回去帮我收一下。"

　　"那你怎么办？"

　　"我没什么大事，睡一觉就好了。"

　　韩亿欢还是很犹豫，绪天赐突然一拍脑袋："我差点忘了，你喜欢的那个钢琴家明天来东京公演，我已经托人买了票。"

　　"你们回去吧，我就只是感冒，你们全都留下来也是给佐佐木奶奶添麻烦。"

　　"那让危晓留下来照顾你吧。"

　　"不用了。"时遇权脸色顿时冷了下来，如果说现在他最不想见到谁，那便是危晓，他可不希望自己成为别人弥补遗憾的工具，接受本不属于自己的嘘寒问暖。

　　危晓看他态度冷淡，便没有说话。

　　时遇权以为他们三个一起回去了，可到了晚饭的时候，推门进来送饭的却是危晓，他顿时有些火大。

　　"不是让你回去吗？我不需要你照顾，没有你在我眼前晃，我的病能好得更快点！"

　　危晓重重地呼出一口气，把心里那些抑郁宣泄出去，然后说："你想多了，我留下来不是为了你，而是为了佐佐木奶奶。"

　　危晓虽然想留下来照顾时遇权，但看到他的态度已经打消了这个念头，现在的她不求他能立刻喜欢上他，只求他对她的反感不要再继续加深。可是下午临出发的时候，佐佐木奶奶突然摔倒了，扶她起来之后询问才知道原来她眼睛的病情愈发严重，只是她无人可靠，所以自己硬撑，于是便决定留下来，帮佐佐木奶奶守几天店，让她抽出时间去做手术。

佐佐木奶奶当然不肯，觉得这样太麻烦危晓。

危晓对她说："其实我也刚刚失去我的先生，我想，只有我们好好生活下去，他们在另一个世界才能安心快乐，所以我特别希望能为你做些什么，请不要拒绝我。"

佐佐木奶奶握住了她的手，许久之后才说："那我带你去熟悉一下操作间。"

时遇权听到前因后果，脸有些发烧，声音也小了下去："知道了，你出去。"

"你吃完叫我，我再来收拾碗筷。"

危晓端着托盘走了出去，佐佐木奶奶已经去住院，她要做的事情还有很多，给客人送餐、打扫房间、清洗温泉池……

时遇权觉得可能是因为自己长期没有生病的缘故，这次的感冒缠缠绵绵就是不肯痊愈，到了第二天，他的症状又变了，不再发烧，但是会没完没了打喷嚏，打得他脑壳钻心疼。

他戴着口罩从茶室出来，就看见危晓在院子里晒被单，她看见他，便问："你好些了吗？"

时遇权木然地点了点头，危晓又说："等下我要去医院看佐佐木奶奶，你能帮忙看一下店吗？三点之前我一定回来。"三点开始会有新的客人入住。

时遇权"嗯"了一声，刚牵动声带，又是一个大喷嚏，然后一个接一个，完全停不下来，他只好捂住嘴又回了茶室。

危晓看着他的背影，想追上去，可脚却像是粘在了地上，不敢动弹。她不知道自己怎么会突然变得这么胆小，不敢往前迈一步。

去了医院，佐佐木奶奶跟她说，手术安排在第二天早上，她打算后天就出院。

危晓大惊："怎么这么快就出院?"

"回家踏实，如果有什么不妥，再回来就是。"佐佐木奶奶拉着危晓的手，"这几天真是辛苦你了。"

"您太客气了。"危晓在佐佐木奶奶身上找到了自己的影子，所以特别心甘情愿为她做这一切。

"遇到你真是我的福气。"

危晓不好意思起来："您要是这么说我都要脸红了，我只是和朋友一起在您家里蹭住几天，顺道做了些家务，我还要感谢您呢。"

佐佐木奶奶见她谦逊，便收起内心的感激，不再表露，又问："时先生怎么样了?"

"今天一直在打喷嚏，我想去问问医生有没有针对症状的药物。"一提起时遇权，危晓的脸上就露出了担忧的神色。

佐佐木奶奶便有些明白："等下我陪你一起去找医生。"

从医院拿了药，危晓便打算回去，看了看手里的药，心里纠结了一番，又对佐佐木奶奶说："算了，我还是不要给他带药了，您能不能让昨天的医生再去一趟民宿?"

"你怕他不肯吃你带的药?"

危晓苦笑："他对我有些误会，所以……"

佐佐木奶奶送她出医院，边走边说："时先生那个人，嘴硬心软，你不要被他的表面吓着了。他昨天还夸你做的粥好吃。"

"但愿如此。"

佐佐木奶奶带着笃定的笑容，意有所指地说："相信我，勇敢一点。你会让他改变对你的态度的。"

一直忐忑的危晓得到了鼓励，像是被注入了勇气，用力点了点头。

回到民宿，有两个客人提前到了，时遇权正在接待他们，依然戴着口罩，一只手捂住嘴，一只手帮他们拿行李。

危晓连忙走了过去，把药递给他，又接过他手上的行李："你回房间吃药休息，我来吧。"

时遇权不小心碰到她的手指，心尖像有电流滑过，很不自然地接过药袋，转身便走。

如果，如果他不知道自己长得像危晓死去的老公，他会很感动，感谢她的无微不至，感谢她的体贴温暖，可，只要一想到，现在他得到的所有关心都是沾了那个人的光，他就觉得很烦闷。

时遇权不想出去面对危晓，便留在屋里睡觉，忽然被外面的喧哗声吵醒。

他听见有个客人大声说："为什么没有我们的晚饭？"

危晓小声地解释："您在预订房间的时候并没有预定晚餐，所以我们没有准备。"日式的温泉旅馆一般都是一泊两食，包含一晚住宿和晚餐早餐，可是也有人不爱吃旅馆里的食物，所以只订住宿。

"怎么可能！我明明一起订了的！一定是你的工作出了疏忽。"

危晓刚刚已经翻过预订目录，确定没有错，便不卑不亢地说："先生，不信您可以看您的预订单，到底是我出了疏忽，还是您忘记了。"

安静了几秒钟，客人的声音又响了起来："好，就算我没有预订，我现在点餐，总是可以的吧。"

"实在抱歉，这几天我们这里暂不接受单独点餐。"危晓不会做和食，所以佐佐木奶奶去医院之前把这几天预约的客人的餐食全都做了出来，一客一份，并没有多的。

客人立刻不耐烦起来："你们店怎么可以这样对待客人！怎么可以一而再，再而三地对客人说不！"

三三两两路过餐厅的客人全都朝危晓投去了质疑的眼神，要知道在日本这个商业环境里，服务人员一再和客人呛声是很不礼貌的行为。

危晓只好低声下气地说："请您先回房间，等会儿我会把晚餐送到您的房间。"她不想佐佐木奶奶积攒了一辈子的声誉被她毁坏。

时遇权听到这里，走了出去。

危晓正在犯难，她可以把明天别人预定的晚餐提前给今天这几位客人吃，那明天怎么办呢？

时遇权看了几眼厨房的食材，便说："你先把晚餐送上去，等会我照着剩下的套餐再做几份。"

危晓惊喜地看向他："你会做和食？"

"以前上过几节美食课，略略学过。"

"那就拜托你了，非常感谢！"

时遇权傲娇地说："你不用感谢我，我是为了佐佐木奶奶才做这些，而且躺了两天，正好松松筋骨。"

危晓飞快地送了餐回到厨房，就看见时遇权正在做玉子烧，他把鸡蛋液倒进专门的玉子烧煎锅，等蛋液成型之后将它们推到最前面，然后继续倒蛋液……

他做菜的表情认真极了，让危晓仿佛回到了从前，他们在厨房里一起研究奇奇怪怪菜谱的时候。

危晓不爱做饭，但很爱看时遇权做饭，因为他长得好看，尤其是那双手，白皙修长，嫩葱白一样，切出来的土豆丝好像都要比普通人切出来的好吃，无论他做什么，只要是他那双手做出来的菜，她都觉得甜。时遇权以为她真的嗜甜，又潜心研究了很久甜汤，什么黑糖地瓜、芦荟莲子、红豆汤圆……只要菜谱上曾经出现过的，他都一一做了给她吃。

她被时遇权泡在蜜罐里养了好几年，却像东郭先生救的那只狼一样，不知感恩。现在每每想起来，都觉得愧疚。

时遇权做好玉子烧之后，突然听见身边有隐隐的抽泣声，转头去看危晓，嫌弃地说："刚刚那个客人虽然说话大声，但态度也不算十分恶劣，你不至于吧，这点儿小事还委屈地哭了？"

危晓擦了擦眼泪："我哪有委屈，我是……我是刚刚切了洋葱。"

"那就别傻站着了，把玉子烧拿去切好。"

"好。"

危晓站在时遇权的身后，切着那些热乎乎的玉子烧，忽然一阵风过，料理台上的茄子被吹到了地上，两人同时回头去看发生了什么事，却不小心脸贴上了脸。

时遇权呼吸一窒，随之清晰地听见了自己突然加剧的心跳声，扑通扑通，就像刚刚跑完了八百米。

危晓什么时候变得这么好看了？她的皮肤细致光滑，一点儿毛孔都没有，贴上去的感觉柔嫩弹滑，一点儿都不像三十多岁女人的脸，她的眼睛黑白分明，睫毛根根纤长，现在正震惊而又无辜地看着他……

时遇权连忙往后退了一步，却不小心碰到了煎锅，煎锅"吧嗒"一声掉到了地上，还没成型的鸡蛋液流了一地……

这声脆响掩盖了刚刚那一场尴尬，两人突然反应过来，争先恐后地拿抹布要去处理地上的残局。

危晓一边擦地，一边回想时遇权刚刚的眼神，是她的错觉吗？为什么她会觉得他的眼里有暧昧呢？

她弱弱地喊道："时遇权……"

时遇权没好气地回她："干吗！"

"我想说，你回去休息吧，这儿交给我了。"

时遇权把抹布一扔，气鼓鼓地说："也好，等你收拾干净了再叫我，还有，我做饭的时候请你不要再出现在厨房。"

危晓撇了撇嘴，就知道时遇权不可能对她有什么暧昧，果然是她的错觉！

两天之后，佐佐木奶奶出院了。时遇权的感冒也痊愈了。当地社保部门给佐佐木奶奶配了一个护工，接下来几天没有客人，于是佐佐木奶奶就让危晓和时遇权一起回去。

和佐佐木奶奶道别的时候，佐佐木奶奶特意拉着危晓的手到一边说："我先生去世之后，我也曾和你一样常常感伤，直至有一日我忽然想通，他其实从未离开过，只要我记得他，记得我和他之间发生过的美好回忆，他就和我永远在一起。所以你不必放不下，也不必放下，勇敢往前，随心而至，就一定会幸福。"

危晓鼻子酸酸的，她朝佐佐木奶奶重重地点了点头，看着她慈祥微笑的面容，就像蓄满了能量。

她没有注意到不远处的时遇权目光变得更加讳莫如深起来。

　　回到东京之后，危晓发现时遇权对她经常视而不见，但他之前对她的态度本来就忽冷忽热，所以危晓也没有多想，只是每天忙着上课、伺候大小姐，然后就是想办法挣钱。

　　因为已经答应过时遇权不再打工，所以便没有再去找绪天赐，而是自己在网上找了一个中介帮忙介绍"不报税"的工作，也就是打黑工。中介说符合她要求的只有凌晨在渔港的工作，主要就是帮忙将渔船捕捞回来的鱼卸到工场里，然后处理之后装箱，劳动量非常大，除了她之外全是男人，但是她可以神不知鬼不觉地趁大家睡着之后坐着终电去渔港，再在天亮之前坐着初电回家，所以她毫不犹豫就接受了。

　　时遇权现在比从前还要忙碌，除了递交申请大学院的材料，跟前辈们见面获取经验，还要帮韩亿欢准备声乐学校的申请资料陪她面试。所以很少留意危晓的动态，或者说，是刻意不去关注她。不关注，也就不会被蛊惑了吧。

他对危晓，不知从什么时候起，已经没有了抵触和防备，他开始欣赏她——她思想成熟、待人真诚，专业能力强、学习效率高……简而言之，聪明、上进、从不言弃。而且，换去了刚见面时略显成熟的套裙之后，她经常穿着亿欢的衣服混迹学校，看上去其实并不比同班同学大多少……他发现他越来越不在乎和她之间的年龄差，他很恐慌，她好像有一种魔力，让身边人都信任她喜欢她的魔力，他不想被这种魔力俘获，所以避而远之。

他自然不知道，危晓每晚都去渔港打工的事。危晓本不想让任何人知道这件事，可是有天晚上，她在处理金枪鱼的时候，因为太困，不小心拿反了鱼刀，刀尖深深地扎到她的掌心里，血流如注，老板便把她送去了医院，她没有证件，只好给绪天赐打电话求助。

凌晨三点半，绪天赐开车赶到渔港旁边的医院，危晓伸出裹着厚厚纱布的手掌，笑嘻嘻地说："你看像不像木乃伊？"

绪天赐无语："医生说你手差点就被戳穿，你还笑得出来！"

"差点，又没真的穿，多好的运气啊，当然要笑了。"

绪天赐朝她摇了摇头，觉得她真是乐观过头："你怎么又开始打工了？上次你不是说工作量太大你撑不住吗？我看你现在这份工作的工作量比中华料理店那份要大多了。"

"我告诉你你能帮我保守秘密吗？"

绪天赐点了点头。

"我想让时遇权少打几份工，有时间能做自己喜欢的事。"

"为了他？为什么？他平时经常对你挑三拣四，你有必要为了他做到这个份上吗？"

危晓支支吾吾地说："我觉得他太辛苦了……"

"你该不会是喜欢上他了吧！"绪天赐急得眼珠都瞪圆了，"你可千万不要，时遇权这个人是冰山，冷血无情，你喜欢上他就是自找罪受，你看看亿欢，就是活生生的例子！"

"哎哎，你激动什么？我又没说我喜欢他，我只是……"危晓突然想到了恰当的理由，"其实我是在投资，一看时遇权刻苦学习努力拼搏的劲儿就知道他以后肯定有出息，我现在帮了他，是为我未来做储备。"

"你觉得以时遇权那嚣张的个性，会要你的……嗯……投资吗？"绪天赐觉得这个欲盖弥彰的说法真是别扭。

"所以我还需要你帮忙啊。"危晓讨好地笑着，"到时候你就说这是学校给予优秀学生的特等奖学金，这样他肯定就会接受了。"

绪天赐气得抓狂，怒其不争："时遇权到底有什么好的，为什么你们都要喜欢他？"

"我不喜欢他……"

绪天赐鄙视地看着她，还没来得及说话，就被危晓的老板叫了出去。等他回来的时候，就把老板要说的话转达给了危晓："他让你以后不要来上班了。"

"啊？我才上了十天班，才攒了十万块钱，这不够啊……"

"他说为了对你的受伤表示歉意，给你五十万的补偿金。"

"真的吗？老板人好好啊，明明是我自己不小心……"危晓瞬间转哀为喜，"太好了，那你明天就去找时遇权，把这笔钱发给他。对了，你千万别说是我给的。"

绪天赐心不在焉地"嗯"了一声。

看绪天赐明显在敷衍，危晓逼他发誓："如果你出卖我，亿欢就永远不可能喜欢你。"

"这也太毒了吧！"

"你不出卖我不就没事了？"

绪天赐在危晓的威逼之下，只好用自己的爱情作抵押发了誓，然后不解地问："你们女生是不是都有受虐倾向？我哪里比时遇权差？为什么就是没人喜欢我呢？"

"我喜欢你啊，我特别喜欢你，真的，我刚都说了，我不喜欢时遇权。"

危晓脸部每个表情都写着认真，绪天赐却狠狠白了她一眼："等打完消炎药我送你回家。"他心里知道，这种喜欢和那种喜欢根本就不是一回事。

回到韩亿欢的别墅，天刚蒙蒙亮，绪天赐便说："我不进去了，我们家房子开工了，我爸说今天建筑公司的人让我们过去看看。"

"行，记住，替我保密。"

"放心吧。"

危晓下车朝绪天赐摆摆手，拎着一袋子药回到了自己房间。手被刺到的刹那，她真的痛入心肺，可是想想这么快就攒够了钱可以给时遇权，就又觉得这点痛是值得的。

第二天吃早餐的时候，韩亿欢发现她的手包着厚厚的纱布，惊呼一声："你怎么弄的？"

"切豆腐的时候不小心切到了，没事。"危晓给韩亿欢盛了一碗味噌汤，"你今天要去面试吗？"

"嗯，这所学校要是还面试不上，我就只能回国去上学了。"韩亿欢后悔地说，"早知道我以前就好好学日语了，就不至于因为语言的问题被这么多学校刷下来。"

"你别灰心，没准今天这个学校就不会限制语言能力呢。"

"但愿吧。"

两人正说着话，时遇权从楼上一边接电话一边下来了，危晓听到他说："嗯，好的，我明天放学后一定去教务处。"

他挂了电话之后忍不住嘴角微微上扬，韩亿欢便问："你要去教务处干什么?"

"绪天赐说最近学校新设了一个奖学金，奖励每年成绩第一的人。"

"那不就是你!"韩亿欢拍掌称赞，"好棒! 八卦一下，多少钱?"

"六十万。"

"那刚刚好是你考试之前的生活费和学费，你可以不打工好好复习了。"

"嗯。"这笔钱真是及时雨，有了这笔奖学金他就可以抽出时间来准备入学考试。

危晓一直默默喝汤，什么话都没说，时遇权觉得有些奇怪，便看了她一眼，发现她手上缠着纱布，刚想问是怎么了，又硬生生憋了回去，转而又对韩亿欢说："你的面试都准备好了吗?"

"嗯! 我在网上查了很多面试相关的必备日语，已经全都背牢了。"

时遇权很是欣慰："你最近进步很大，孺子可教。"

"那当然，因为有你的鼓励嘛。"

危晓听着这两人一来一去的互相赞赏，听着时遇权语调轻松愉悦，看着自己裹着纱布的手，忍不住微微笑了——一切都值得，非常值得。

下午放学之后，时遇权便去了教务处，绪天赐当时不在座位上，另一位老师便问他来干什么，时遇权说领奖学金。那老师一脸惊诧："奖学金？什么奖学金我怎么不知道？"

绪天赐正好回来了，忙说："是特别奖学金，昨天刚成立，时同学，我约了人，有点赶时间，我们边走边说吧。"

时遇权点了点头，绪天赐把他带到了一家咖啡厅，然后把钱交给了他。

"我不用填写什么领收书吗？就直接这样把钱拿走了就行？"

"嗯……对……"绪天赐很少撒谎，害怕露馅，只想让时遇权赶紧走，便说，"我约的人快来了，你要是没什么事的话，就先回家吧。"

"可是……"时遇权本来还想追问，可看到绪天赐那左右漂移不肯跟他对视的眼神，就觉得自己什么都不用问了，这个奖学金，肯定有古怪。他想了想，深吸一口气，把装钱的信封推回去，"这个奖学金，我还是不要了。"

绪天赐惊讶地看向他："为什么？"还有人不要钱？

时遇权淡定地说："我不想接受别人的施舍。"

"这是学校的奖学金，不是施舍！"

"那明天你让我班主任交给我吧。"时遇权手指在那个信封上扣了扣，"否则，就谁拿来的，还给谁。"

他从咖啡馆出来，心里说不出的滋味。这钱八成是亿欢给绪天赐，让他冒充奖学金补贴给他，亿欢之前提过很多次，想跟他共享生活费，他没有同意。为了照顾他的自尊，亿欢也学会和绪天赐一起撒谎了，这虽然不好，但也是好意，所以他并不怪他们。

　　可是没想到，第二天他的班主任竟然又把这笔钱交给了他，并亲口说这的的确确是奖学金，时遇权脸都涨红了，为自己的自作多情羞愧。羞愧之后就是开心，毕竟是飞来横财。他仔细算了一笔账，觉得现在打的两份工不能全部辞掉，因为大学院的学费还没有存够，但是辞去一份没有问题，便打算辞掉便利店的工作，晚上到店里跟店长辞职，下班之后又交接工作，耽误了不少时间，最后勉勉强强赶上了末班车。

第九章

原来你早就在这里

时遇权回家已经将近凌晨一点，客厅却灯火通明，他一进门，韩亿欢就跳了起来，高兴地拉着他说："阿权阿权，昨天面试的那家学校今天给我打电话，说录取我了！我可以上学了！"

"真的吗？那恭喜你了！"时遇权接过危晓递过来的啤酒，和韩亿欢干杯。

韩亿欢兴奋地说："我仿佛已经看见我的第一张专辑！我离我的梦想又近了一步！"

"高兴归高兴，别又喝醉了。"时遇权说着这话，眼角却不由自主朝危晓那边瞥了一眼。

危晓尴尬地咳了一声："我做了很多好吃的，过来吃吧。"

时遇权和危晓坐在沙发上，亿欢坐在卡拉 OK 机旁边的地板上，对着电视如痴如醉地唱着一首甜甜的流行歌。

亿欢的声音空灵清新，和原唱是不同的两种味道，唱出了满含少女心事的娇羞与甜蜜。

气氛实在是太好，危晓忍不住问时遇权："亿欢的梦想快实现了，那你的梦想呢？怎么从来没听你提过？"

时遇权今天心情好，便配合了危晓的话题："我梦想就是以后做一名动画导演。"

危晓伸手拿了个橘子，一边剥一边问："你自己为什么不画？我记得你以前画得很好的……"

问完这个问题，就发觉身边没有了声音了，她猛然醒悟自己说漏了嘴，再抬头，就看见时遇权脸上写满了探究："你为什么总是在追问我这个问题？"

危晓愣了愣，亿欢回头问他们："你们要唱歌吗？"

他们俩一起朝着亿欢摇了摇头，亿欢便换了首歌，是刘若英的《原来你也在这里》。

危晓像个犯了错误的小孩儿低下头："我只是好奇……"

"你怎么知道我以前画过，你翻过我东西？"

"我……我没有。"危晓被时遇权看得有些手足无措。

时遇权眉头皱得更深："没有你慌什么？"

他打定主意要寻根究底，躲是躲不过去了，危晓深呼吸，痛快承认："好吧……我确实偶然间看到你画的画了，我觉得你画得很有天分，如果你出漫画应该会很受欢迎……"

"你觉得？呵呵……"时遇权轻轻笑过，眼里透出满满的嘲笑，"你为什么这么喜欢管我的事？因为我跟你老公长得像？你就觉得你有权利来对我的人生指手画脚？"

"我不是这个意思。"

时遇权忽然凑近危晓，把她的橘子夺走扔到桌上，他很用力，橘子都被摔破了，危晓感觉到脸颊上几滴冰凉，大约是橘子汁溅了过来。

"危晓，你给我听好了，我是时遇权，我跟你老公没有半点关系，你不要自作多情觉得和我很熟，我跟你不过就是室友的关系，你听明白没有？如果你以后再动我的东西，再问我不该问的问题，我不介意亲手送你回国。我要是你，就安安分分管好自己的事，免得什么收获都没有就被入管局遣返原籍，竹篮打水一场空。"

他的样子很凶，像是被踩到尾巴攻击状态下的猫，弓起了身子，准备一言不合随时挥爪，危晓的眼泪不由自主就流了下来，她从来没有见过这样的时遇权，她很害怕，忽然就打起嗝来，一边打嗝一边哭。

韩亿欢在唱着："该隐瞒的事总清晰，千言万语只能无语……那一个人，是不是只存在梦境里……"

危晓哭得更凶了。

时遇权没有料到她会是这样的反应，一时之间竟有些怔："你……你不至于吧……"

她还是哭。

"算了算了，我不和你计较了，你别哭了。"

危晓点点头，眼泪如同屋檐上的雨滴成串往下掉，时遇权有些心烦，更有些心慌，想说些什么，想安慰她，又不知道从何安慰起，手足无措，索性站起来，离开了客厅。

正在专心唱歌的韩亿欢一曲终了，没有等到预想中的掌声，回头一看，只有满面泪光的危晓，她吓了一跳："我唱得有这么感人吗？"《原来你也在这里》的旋律还在耳边，她忽然反应过来，一定是歌词戳到危晓的心了。

"不是，橘子汁溅到眼睛里了。"危晓鼻子塞住了，声音也是嗡嗡的，"今晚吃得太多了，我回屋睡觉了。"

韩亿欢难得善解人意地说："危晓，你以前的事情我也听说过，可是人都该往前看，不应该总是缅怀过去，你要加油哦。"

危晓重重点了点头，往楼上走去。

过了一会儿，时遇权才从外面进来，看韩亿欢在收拾乱糟糟的客厅，很是意外："危晓呢?"

"她上楼去睡觉了，唉……"韩亿欢关掉吸尘器，大大地叹了一口气，"也有可能是去哭了。"

"她还在哭?"

"是啊，都怪我不好，唱那样的歌害她触景生情。这几天我一定要对她好一点。"韩亿欢说着，像是跟自己保证一样握拳挥了挥，然后继续打开了吸尘器。

时遇权站在门口，忽然就觉得愧疚，他没想到自己连亿欢都不如，不曾照顾到危晓软弱的情绪，还那么凶地恐吓她……为什么偏偏撞到了这种时候?

于是路过危晓房间的时候，脚步便特意慢了下来，附耳在门边听了一会儿，里面没什么动静，稍微感到安心一点儿，正打算离开，就听见危晓的声音："你在干什么?"

她刚刚并不在房间，而是去洗手间了。

时遇权困到极致，手摸着壁纸慢慢地摩挲："这个壁纸好像划伤了……哦，是我看错了……"

他直起腰来，当作什么都没有发生过似的走回了自己房间。

时遇权若无其事回到自己的房间，就冲到床上用被子把自己蒙了起来，太糗了，真的太糗了，早知道就不该对这个大婶抱有关心，也不会像现在这样尴尬。

不过看她好像情绪已经平复，他也算安心了。他突然有些羡慕危晓已经过世的老公，他被人那么深切地爱着，时日已久每每想起却依旧痛彻心扉。他们两个应该很相爱吧，他们是怎么认识的呢，他是个什么样的人……

时遇权想着想着，不知不觉就睡着了，晚上做了个梦，梦见自己和危晓在一个陌生的小山村，窝在车里抱在一起听车外的雨声。醒来之后就发现真的下雨了，他怔了几秒，那个梦便从脑海里一闪而过，什么都忘了。

他起床，准备去学校上课，危晓正在厨房忙活，她翘着受伤的手，正在做鸡蛋饼，好像是加了切碎的小葱和胡萝卜还有香菇，锅里五颜六色煞是好看。

时遇权背对着危晓，从冰箱拿出牛奶倒了一杯，忽然很小声地说："对不起。"

危晓回头："你说什么?"

"没什么。"时遇权转过身，极其自然地把她从灶台前挤走，"这几天你不要忙厨房的事，让手好好养养，我们可不想吃带血腥味的食物。"

危晓心里涌起一股暖流，克制着激动说："我很注意的，你放心吧。"

时遇权反而有些不好意思："昨天的事请你不要介意。"

"没关系，是我太多管闲事。"危晓昨晚已经想得很明白，不管时遇权是因为什么原因不想再画漫画，那都是他的选择，她不应该干涉，之前是她太心急，以后她都不会了。

两人相对无言，韩亿欢正好从楼上跑下来，跟危晓说："我不是说了放你一周假，让你不要做家务了吗？"

"我真没事，你们不需要特意照顾我。"

韩亿欢撇了撇嘴："你这也算工伤呢，我要是再让你继续干活就太不人道了，我可不想做冷血无情的雇主。"

危晓看她真诚，心里更暖了，便说："行，那我都不管了。"他们三个相依为命地住在这陌生的国度，真的越来越像一家人了。

危晓就这样"养尊处优"地过了几天，心里很过意不去，所以当有一天突然下雨，时遇权晾在外面的球鞋被打湿的时候，她便重新刷了这双鞋，用吹风机给它吹干了。到了晚上，身体忽然就乏力起来，手上的伤口也隐隐作痛。她觉得自己可能是没睡好，并没有多想，吃过晚饭就打算去睡觉，还是韩亿欢先发现她的不对劲。

"危晓，你的脸怎么这么红？"

危晓抬手贴了贴自己的脸，感觉不出来："还好吧。"

韩亿欢便去碰了碰她的额头，吓得立刻收回了手："我去找体温计，你发高烧了。"

时遇权皱着眉头看她，她怎么这么容易生病，前次发烧才多久啊。

危晓愣了愣，韩亿欢便把体温计找了出来，一量，果然是39℃。

"你今天淋雨了吗？"

危晓摇了摇头："我带了伞。"

韩亿欢困惑地说："不像是感冒……"

时遇权插了一句："是不是伤口发炎了?"

危晓立刻把手往身后一藏："怎么可能呢,我这么多天都没碰过水。"

"先去医院吧。"

"可是……"

"没证件没关系,我们去私人诊所。"

韩亿欢在旁边不住地点头,危晓见说不过他们,只好换衣服和他们一起去医院。到了门口,韩亿欢却接到了个电话,是她老师打来的,接完电话她的表情就有些为难起来。

危晓便说："你要是有事就去忙吧,我估计我是感冒了,去医院打点退烧针就好了。"

"行,那阿权你照顾好危晓,我先走了。"

等韩亿欢招到出租车离开之后,时遇权和危晓并肩往附近的诊所走。

时遇权突然说："你今天帮我洗球鞋了是吗?"

"没……"

"不用否认,我的球鞋从来没这么干净过。"时遇权淡淡地说,"你这样做真的会让我很苦恼,我不想当谁的替代品,所以你不要对我做超过朋友界限之外的事。"

危晓咬了咬嘴唇,想说的话很多,可到了嘴边却只有了微弱的一声"嗯"。

时遇权却有些气闷,脚步不自觉就快了起来,到诊所的时候,危晓的脸便更红了。

医生给她做了检查，然后解开了她手上的纱布，眉头皱得很深："这么深的伤口，你怎么不换药？"

"我不疼所以就没有在意。"其实是因为去一趟医院都要花不少钱，她舍不得而已。

"伤口严重感染，我先帮你处理一下，然后给你打消炎针。"

"谢谢医生。"

"你的手缝合是在哪家医院做的？我需要找他们拿一下你的病历。"

危晓报出了那家医院的名字，时遇权觉得听上去很陌生，他拿手机查了一下，发现是在离此地很远的海边的医院。

医生接到病历传真之后，确认无误，便开始给危晓处理伤口。

时遇权站在一边，看医生拿镊子夹着酒精棉球去擦她的伤口，那道伤口大概三厘米，有缝针的痕迹，看来是划得很深，现在又红又肿，看上去十分骇人。

危晓之前说是做菜的时候不小心切到……家里没有尖刀，而且切菜不可能贯穿，看来她是撒了谎。她到底是去哪儿弄了这么严重的伤口？海边医院？

时遇权便趁危晓去打针，出去打了个电话，回来的时候脸色便不太好。

在医院打完针，危晓的烧退了一些，医生又开了一些退烧药，让他们回去，第二天再来复诊换药。

回家路上，时遇权突然很生硬地问："你到底打算什么时候回去？"

"为什么突然这么问我？"

"我不想再继续这样看你作践自己，你放弃原本有的人生，像只蜗牛躲在这里，到底要躲到什么时候？"明明在国内有自己的事业，却要在日本为了挣钱凌晨去渔港打黑工！还把自己伤成这个样子！

"你很希望我走？你……"危晓犹豫再三，还是问出了口，"你很讨厌我吗？"

"对！没错！我讨厌你！我讨厌你来历不明讨厌你神神秘秘讨厌你多管闲事讨厌你撒谎骗人！你说什么找人根本就是骗人吧，你就是觉得我像你老公，你想望梅止渴，所以你留在这里，缠着我，这让我感觉很恶心，我跟你说过很多次，我讨厌做任何人的替代品！我也不想活在别人的影子里！所以，请你离开我的世界，离开我的生活！"如果真的能骂醒她，时遇权不介意自己完全变成一个坏人。

危晓的心比刚刚消毒时的手还要疼："我真的这么让你讨厌吗？"她所做的一切在他的眼里原来那样不堪，可她又能怎么办，她无法解释他真的是她最爱的那个人。

望梅止渴，他说的倒是没错，她明知道他不爱她，却还是抱着一丝期待死赖在这里不走，不就是怕回到现实世界会彻底失去他吗？

"我非常非常讨厌你。"时遇权说出了这几个字之后，忽然觉得心像是被坠满了石头，他不讨厌她，他只是讨厌总是被她蛊惑的自己，他只是讨厌那个总是因为她难过而心疼的自己。可是她明明只是把他当一个替代品。

"如果你真的要我回去，我就回去。"夜晚寒风似锥，让危晓的心也千疮百孔，她虽然很想留在他的身边，但不想让他厌恶。

时遇权尽管很想要这个结果，可当听到危晓亲口说要回去的时候，又觉得全身上下哪儿都不舒服。他跟自己说，一定是错觉。转而很平静地对危晓说："好，等你伤好了，我陪你去入管局。"

"嗯。"

回到家里，危晓进了房间，她没有开灯，坐在床上，漆黑笼罩住了她，也笼罩了她整个人生。无助，无望，落寞，寂寥……从此以后，她的字典里可能就只剩下这些词了吧。

她一直努力地对时遇权好，没有奢望他会突然爱上她，只是希望能安安稳稳地留在他的身边，没想到，时遇权却那样憎恶她。

也罢，就这样算了吧。他不爱她，她又何必逼他。回去也好，至少她和时遇权之间又多了一段回忆可以取暖。

危晓很晚才睡，第二天早上体温又蹿了上去，她等时遇权和亿欢都去上学之后，才去了那家诊所，打完针之后觉得好饿，就去便利店买泡面。

看着便利店玻璃窗上倒映出来的自己，憔悴而又苍老，这样的一个女人，又有谁会喜欢呢？

危晓在家睡了一整天，烧已经退去，临近傍晚，躺在沙发上正在看书，忽然听见了绪天赐的声音："你怎么这么不会照顾自己！"

她抬起头，有些惊讶："你怎么来了？"

"亿欢告诉我的。"绪天赐很不高兴地说，"我才知道，原来你一直都没有去医院换药，搞得伤口发炎。"

危晓为了让绪天赐放心，所以装作毫不在意的样子说："已经打过针，没事了。"

"没事没事，你就会说没事！要是得了破伤风你就完了！"绪天赐没好气地说，"真不知道你脑子是不是坏掉了，时遇权有那么好吗？至于你这么拼命吗？"

危晓觉得他状态有些不对，绪天赐性格温和，很少这样暴躁，便问："你今天怎么了？火气这么大？"

"今天时遇权陪亿欢去了群马，晚上不回来，所以让我来照顾你。"绪天赐深深叹了一口气，"我只是从你身上看到了我的影子，为你心疼，也为我自己难过而已。"

"他们去群马干什么？"

"学校活动。"

"又不是单独两个人，你担心什么呢？"危晓把书放下，从沙发上站了起来，"我去给你倒点水。"

"不用，你坐下。"绪天赐好奇地看着危晓，"有时候我觉得你很奇怪，你明明很喜欢时遇权，为什么听见他和别的女生在一起的时候却又这么淡定呢？"

危晓淡淡地笑道，"我打算回国了。"

绪天赐吓了一跳："什么时候？你找到你要找的人了？怎么这么突然？"

"不找了，没办法找到了。"危晓声音很平静，"我可能是做了一场梦，把梦当成了现实，任性得够久了，也该回去面对真正的现实。"

"你想通了就好。"绪天赐由衷为危晓感到高兴，"你回去之后我们也可以常联系。"

回去之后，也许就是永不相见了吧。危晓看着绪天赐，很好奇十年之后的他会是什么样子，不知道他还记不记得她。

绪天赐被她看得不自在起来，便说："你干吗这样看着我？"

"天赐，如果你喜欢亿欢，就要坚持下去，我可以跟你保证，亿欢和时遇权没戏。"

"你为什么能这样肯定？"

"因为你更适合亿欢，我相信你们一定会有好结果。"相比较寡言冷漠的时遇权，绪天赐这样有求必应无微不至的暖男和韩亿欢更合适。

"谢谢你的鼓励。你打算什么时候走？我们家房子就快入住了，我希望你能赶得上，毕竟这个房子你几乎全程参与，我希望你临走之前能看见它的全貌。"

"那我等到你搬家之后再走吧。"危晓对绪天赐家的工期比较了解，现在已经在收尾阶段，再有半个月就可以完工。

离开

　　晚上绪天赐做了很鲜美的鱼头炖豆腐，危晓闻着鱼味，忽然想起了饺子，她已经好久没有见过饺子，它好像已经离开那个公园，危晓怅然若失，像是自己养大的孩子，连声招呼都不打就离巢了一样失落。希望在走之前还能再见它一面。

　　时遇权和韩亿欢从群马回来之后，就发现危晓变了，她不再偷偷摸摸看他，她跟他说话的时候总是看他衬衫第一粒扣子，波澜不惊心如止水。他觉得有些心慌，有些情绪闪现在脑海里，他想抓却又抓不住。危晓有条不紊地安排着自己离开的行程，还帮韩亿欢面试了新的家政阿姨。

　　终于到了要去绪家新家的那天，也就是危晓要走的前一天。绪天赐跟韩亿欢商量好，就借着这个机会帮危晓办个送别会，所以他开车接了危晓、亿欢和时遇权一起去他的新家。车子从韩亿欢家出发，开了四十分钟之后，进入了一条山路，然后上坡，再转了一个弯，就看见了一栋外观平平无奇的房子，土黄色的色调，大面积的日式格栅运用做门窗，古朴而又普通。

绪天赐介绍说："我们家这套房子是我爸打算和我妈养老用，所以只盖了一层，免得以后上上下下爬楼梯不方便，不是很大，但院子挺大，能种花种菜还能挖个小鱼塘养睡莲，我爸很喜欢。"

危晓来过两趟，帮忙补充说："虽然没有亿欢那里大，但也有一百平，住两三个人够用了，这栋房子的设计主要围绕着生活便利性，还有人与自然的亲近感。"

大家一起往里走去，房子里挺安静，绪爸爸在四处巡视家具摆的位置，绪妈妈在厨房做小点心。

听见动静，绪妈妈从厨房探出头来，笑意盈盈："你们都过来啦！快到客厅坐。"

这还是危晓第一次见到绪妈妈，她瘦削娇小，短发，看上去十分年轻，一点都不像四十多岁的女人。

绪妈妈把茶点端出来，然后说："天赐还是第一次带朋友回来玩，你们自便，不要客气。我待会儿还要和你们叔叔出去一趟，卧室还有几件家具没有买。"

她和绪爸爸很识趣地出门，然后把家里留给了年轻人。

绪天赐带着时遇权和韩亿欢四处参观，看到院子里竟然还有个小池塘时，韩亿欢羡慕得不得了："我回去也要在我家挖一个。"她转向时遇权，娇嗔道，"阿权，你帮我挖好不好？"

时遇权淡淡"嗯"了一声，心不在焉。

韩亿欢叹了口气："危晓，你要是不走就好了，我们就可以一起挖鱼塘种荷花。"

危晓笑了笑："我在这边耽搁很久了，国内有好多事情等着我去处理。"

"那我回国一定去找你玩，你把你家地址电话手机号全都发给我。"

"好，回头我发邮件给你。"危晓心想，那些电话韩亿欢如果打，应该也都只会是空号吧。

转了一圈，绪天赐便去屋里搬出了 BBQ 的炉子和桌子，食材已经全都准备好，他们只要生火就可以烤了。时遇权觉得心里有点闷，便说："我出去走一走，过会儿就回来。"

韩亿欢立刻说："你要去哪儿？我跟你一起。"

"不用了，我刚在车上看见附近有个神社，我过去转一转。"

时遇权说完，不待韩亿欢回话便立刻转身往外走去，他走得极快，像是生怕有人跟上来似的，韩亿欢便鼓了鼓嘴，退到了烧烤炉旁边。

绪天赐看她闷闷不乐，便说："你想吃什么？我帮你烤。"

"牛肉串。"

绪天赐便抓了一大把牛肉串放到了炉子上，烤好之后给韩亿欢装了一盘子，看见危晓正好从屋里出来，便招呼她："我爸就是麻烦，你不用听他的，过来吃吧。"绪爸爸临走之前让危晓帮忙看看整栋屋子有没有不太好的地方，等于是让她再验收一遍。

"没关系，举手之劳。"危晓走过来，接了一个盘子，吃了两口，看绪天赐一个人忙得热火朝天，便主动过去帮忙，帮他转动着土豆串和洋葱串，"这样可以吗？"

"可以。"

过了会儿，危晓发觉时遇权不在，想给绪天赐和韩亿欢创造机会，便说："我出去买点啤酒。"

"你知道便利店在哪吗？"

"知道，就在坡下巷子口嘛。"

危晓出了绪家，没有走最近的那条路去便利店，反而朝着相反方向，打算绕个大圈。

走了几步，就看见了涂着朱漆的几座鸟居，再往里看去，就看见了时遇权，他又站在神殿前，双手合十低着头，似乎在许愿。危晓看了看他，终于还是忍住了好奇心，直接往前面走去。时遇权回过头，就正好看见了她离开的背影。

他鬼使神差般地追了上去。

危晓听见身后脚步声，回头一看，吓了一跳："你……你不是在神社吗？"

时遇权没有回答她的问题，反而问："你要去哪儿？"

"去便利店，买啤酒。"

"哦。"

他心像是放了下来，随着她的步伐慢慢往前走。危晓一直没有说话，神色淡定，倒像是他心怀鬼胎。他想跟她道歉，想说自己前几天说话太重，可又害怕前功尽弃，就这样满怀矛盾地到了便利店。

在冷柜里拿了两打啤酒，危晓又伸手拿了一盒牛奶，她低着头小声嘟囔："不知道天赐家里有没有红茶？"忽然就发现购物筐里多了一盒红茶。

她对时遇权笑了笑："谢谢。"

时遇权摇摇头，这算是他表达道歉的一种方式。

回家的路上，危晓看着自己和时遇权的影子，有些叹然，其实她一直以来都不曾真的了解过时遇权，成熟后的时遇权对她敞开一切，她便以为她有的是机会慢慢了解他，于是去忙自己的事业，结果到了分开的时候才发现她对他知之甚少；现在的时遇权，她拼命想挤进他的内心，可他却只会朝她怒吼让她不要偷窥。说到底，这是报应，因果轮回。

"危晓，你的公司是在 A 城吗？"

"嗯。"

"回去之后就不要想从前的事了。"

"嗯。"

"A 城现在很冷，你有厚衣服吗？"

"有。"

时遇权很意外自己竟然说了这么多废话，他跟自己说，只是因为一起回家怕沉默会尴尬，没有别的意思。可是他看着危晓淡定如风的样子，却又失落起来——他给她的伤害是不是太深了？其实危晓对他一直挺好，就算她是把他当作一个替身，那他也深深切切地从她身上得到了慰藉。

他从来不知道自己会这么烦，竟然会为了一个认识没有多久的大婶烦恼，或许，或许等她走了，一切就会恢复原状吧。

回到绪家，韩亿欢便喊了起来："喂，你们跑哪儿去了，已经烤了好多肉，你们不在我快吃得撑死了。"

于是大家便围坐在桌边，边吃边喝，绪天赐待会还要开车送他们回去，所以没有喝酒，危晓害怕自己又会酒后失言，所以只喝了一罐，反而平时很克制的时遇权，一罐接着一罐喝，韩亿欢便没完没了地和他碰杯，最后两人都喝醉了。

危晓便去厨房冲了一壶奶茶，然后端了出来，时遇权喝了满满一大杯，她便笑了，笑得久了，眼中便有了泪。

日暮西山之后，绪天赐便开车送他们回去，亿欢坐在后座，靠在危晓的肩膀上，沉沉睡着。危晓看着窗外，日光一点一点消失殆尽，然后便是无尽的黑夜。嗯，只有她一个人的黑夜。

绪天赐当晚没有回去，第二天早上由他送危晓去入管局，危晓说她害怕离别的场面，所以不让亿欢跟着一起去。亿欢只好在家门口跟她依依不舍地道别。时遇权一直没有出来，韩亿欢埋怨了一句："你马上就要走了，他还睡懒觉，没人性。"

危晓想起时遇权说过自己向来起得很早，以为他是不想见她故意不下来，便苦笑着说："没关系，反正以后回国还有机会聚。"

上车之后，绪天赐便对危晓说："你这种情况我还没有遇到过，所以我不知道入管局的程序，等下我在外面等你，如果有什么事你就给我打电话。"

"不用了，你还是早点去上班，不要因为我迟到，我有事会给你打电话的。"

"那也行。"绪天赐再三叮嘱她，"有事一定要给我打电话。"

危晓答应下来，下车，朝着入管局走去，跟门口的人说着什么，绪天赐便开车走了。

绪天赐午休的时候接到了危晓的电话，危晓说入管局已经安排了最近的航班，晚上就会将她送回 A 城，他便没有担心。第二天又接到危晓的邮件，说自己已经平安抵达，堆积的工作太多，所以过段时间再跟他们联系。

时遇权从韩亿欢那听到危晓回国的消息之后，心情并没有自己想象的轻松，不过很快便被繁忙的工作和学习冲淡了。可是有一天，他竟然在电车上看见了危晓，她拉着拉环，闭着眼睛摇摇晃晃，一脸倦容。他怀疑自己看错了，拼命朝她的方向挤，可刚好到站了，很多人上上下下，等门再关上的时候，危晓已经不在了。

　　他回家跟韩亿欢说了这件事，韩亿欢却说一定是他看错，危晓刚刚因为非法滞留被遣返回国，日本入管局短期内不可能给她签证。他想想也是，便没有太当回事。

　　日子就这样忙碌又平淡地朝前过着，时遇权又拿到了一笔奖学金，圣诞节前一周，绪天赐忽然给他打电话。

　　"时遇权，你现在立刻马上来涩谷。"

　　绪天赐的语气听上去很不友好，时遇权有些诧异："怎么了？"

　　"你马上来。"

　　绪天赐遇事一向都很稳妥，很少毛毛躁躁，时遇权预感出了大事，便立刻收拾了书包，从学校的自习室冲到了涩谷。

　　在涩谷车站，熙熙攘攘的人群中，时遇权和绪天赐刚一会合，就被他拎着肩膀上的书包带往前拖去，他的步伐实在太快，时遇权被他拖得跟跟跄跄，心里的火便腾地上来了，用力打开他的手，生气地说："绪天赐！你到底想干什么！"

　　"我要让你亲眼看看，你把危晓害成了什么样子！"

　　"危晓？"时遇权心头一颤，心里不好的预感瞬间涌了上来，"你把话说清楚！危晓已经回国了，她怎么可能在这里！"

　　"我就说她怎么会突然决定回国，原来都是你害的！"绪天赐眼眶红着，因为在公众场合所以极力克制着自己的愤怒，"她根本没有回国，也不想回国，是你逼她，是你说讨厌她，是你赶她走，所以她才只好从亿欢家里搬出来，哄我们说她回国去了，其实她还在日本！"

"她现在在哪里？"

"你跟我走就知道了！"

时遇权跟在绪天赐的身后，出站之后又坐了一趟巴士，到站是家医院。他立刻就急了，拉住绪天赐问："危晓到底怎么了！"

绪天赐甩开时遇权的手，冷哼一声："现在知道着急了？危晓跟一家黑中介签了合同，什么样的活儿都接，她做过下水道疏通、当过殡仪馆的保洁，昨天去帮人修剪树木，从梯子上摔了下来，她因为没有证件不敢去医院，所以就硬撑着说自己没事，晚上回到住所，疼得晕过去，胶囊旅馆的老板害怕出事，逼她去医院，她没办法，才给我打了电话。"

时遇权脑子里像是晴空炸雷，他不明白："怎么会这样？"

"这样的事，已经不止第一次。"绪天赐冷冷地看着时遇权，"你每拿一次奖学金，她就要受伤一次。"

"你说什么？"

"上次你的奖学金，是她去渔场打工，被鱼刀刺穿掌心得来的慰问金，这次你的奖学金，她骗我是从国内寄来，我就没想太多，没想到……还是她受伤换来的。她今天醒过来之后再三叮嘱我不要告诉你她还在日本，可我真的做不到，我替她不值，我更害怕她接下来会继续做这种会伤害到自己的事，所以我必须告诉你。"

时遇权无法相信，疯狂摇头："怎么可能！为什么！她为什么要给我钱？她为什么不肯离开东京？"

"为了你！都是为了你！我也觉得你不值得她这么做，可是爱情这回事，没有值不值得。我也早就警告过她，不要喜欢上你，你是一个没有心的冷血动物，可她偏偏不听！"绪天赐深呼吸，平复了一下情绪，"她现在在十二楼骨科，你自己上去吧，假装偶遇或者直截了当随便你。我现在要去她的胶囊旅馆收拾一下她的行李，等她出院我会接她去我家住。"

时遇权坐在巴士站的长椅上，冷风凛凛，他竟然一点儿都感觉不到。危晓为他倾尽所有，可他却绝情地赶她走。他真的是该死，他只要一想到绪天赐的那些话，就感觉好像有把刀在扎着他的心，一字一刀，生疼无比。

他拖着沉重的步子往医院走去。到了十二楼骨科，就看见危晓坐在病床上，面前摆着她的中饭，她正在努力地吃着纳豆，曾经她最讨厌吃的东西。

她皱着眉头，舀一勺纳豆，抬手，丝拉得像一张渔民的网，她嫌弃地想要放下，护士温柔地看了她一眼："危小姐，医院的饮食是不是不合你的胃口？"

"没有，挺好吃的。"她把那坨纳豆塞进嘴里，过喉咙的时候明显噎了一下，马上抓起旁边的味噌汤，咕噜咕噜喝了下去。

从他认识她开始，她好像一直都是这样，不擅长拒绝别人，尽量体谅别人，对任何人都释放出善意，但如果有人敢惹她，她也会毫不犹豫反击，是真正的爱憎分明，唯有对他，一忍再忍。她在他面前常常一副什么都不在乎的样子，用内心强大掩饰委曲求全，可到底还是被他害得伤痕累累。

护士从里面收完餐盘出来，看见他，便问："你是来探病人的吗？是谁的亲友？"

危晓听见门口的动静，便伸长脑袋看过来。时遇权忽然觉得心慌，他还没有准备好现在进去见她，连忙转身落荒而逃。

逃到楼下咖啡店，恍恍惚惚坐下，手上的咖啡还没有变凉，他便看到了危晓。她挂着拐杖，一步一步朝他走来。他的手握紧了咖啡杯，心里像有火山爆发，熔浆四处流动。

"我猜就是你。"她在时遇权对面坐下，笑得像是什么都没有发生过，"绪天赐是不是跟你说我受伤都是因为你？他误会了，真的与你无关，我留下来是为了找我爸爸。"她刚刚想了很久，现在只有这个理由用起来很恰如其分。

时遇权点了点头："那为什么把钱都给我？"

"因为我希望你可以空出时间来做你自己喜欢的事。"

时遇权抬头看她，若有所思："你好像很在意我画不画漫画这件事。"

"没错。因为我觉得你不应该浪费你的天赋。"

"有时候我觉得你很了解我。"

"是吗？"

"总之谢谢你。"时遇权被她的情绪感染，心情已趋平静，慢慢说起埋在心底的那件事，"我刚来日本不久，去参加过哲哉先生的签售会。"

"就是那个画《花之形》的久木哲哉？"久木哲哉从出道至今，本本漫画都是畅销榜前列，作品被翻译成多国文字广为流传，算是日漫殿堂级大师了。

"嗯。我很喜欢他，我的漫画启蒙基本都来自他，那次签售会，我带了我最喜欢的一个短篇漫画送给他，其实并没有指望他会给我指点，我只是希望用这种方式离我的偶像近一些，他看不看都无关紧要，可是过了一个月，我竟然接到了他的电话，他很和蔼地告诉我，他从我的作品里看不到灵魂，我不适合做漫画家……我想哲哉先生百忙之中特意打电话告诉我这件事，大约是我真的不适合。"

"可是……"

时遇权微微加重声音，打断了她："危晓，我并没有灰心丧气，我很心平气和地接受了我的天资有限，我也已经改变我的志向，既然我没有当漫画家的潜力，我就去当一个动漫导演，让更多有灵魂的故事变得更加生动，也很不错。"

危晓没有再说话，只是皱紧了眉。被自己的偶像说不行，就像被医生宣判了死刑，这打击确实如五雷轰顶，时遇权选择放弃她可以理解，但要是说他天资有限，她绝对不能同意，她看过他的漫画，那些治愈系的美好故事总是会让人轻而易举感受到温暖，他又怎么可能是个没有灵魂的画手呢?

沉默片刻，时遇权说："我送你回去好好休息，明天我再来看你。"

他拉起危晓，把拐杖递给她，看着她打着绷带的脚，眼睛有些微酸。危晓拄着拐杖在前面走，他从后面虚扶着她，他的手在她的肩膀附近游离，鬼使神差一般竟然越靠越近，从那一刻起，他便知道有些事情已经骗不了自己。

他迫不及待赶她走，一方面是希望她不要继续无限期放逐自己，另一方面是自私，他害怕控制不住自己，控制不住自己喜欢上一个和他理想型南辕北辙的女人，控制不住自己喜欢上一个只是把他当作替身的女人。

可是此时此刻，他知道自己不会再让她走。

危晓回到病房，总觉得哪里有点怪，她本以为时遇权会因为她自作主张给他奖学金的事情跟她大吵，毕竟他自尊心很强，而她恰恰又是他讨厌的人，他一定会因为她的强制"施舍"而大发雷霆，没想到他竟然平静地接受了她的谎言，还跟她说了真心话，这是为什么？看她受伤了所以给的同情分？

第十一章

北海道不思议

危晓还在东京的消息很快就被韩亿欢知道了，她闹着要让危晓回去住，危晓见时遇权默许便半推半就答应了韩亿欢，绪天赐虽然百般不愿，最后也只能随了她们俩。

出院到家那天，顾深深便过来探望，危晓便跟她打听久木哲哉。

顾深深说："他上个月宣布隐退，已经回北海道老家定居，你问他做什么？"

"你有办法联系上他吗？我想让他鼓励时遇权继续创作。"危晓把时遇权放弃漫画的原因告诉了顾深深。

"我想想办法。"

过了几天，顾深深便给了危晓久木哲哉在北海道的地址，危晓的脚好得差不多之后，便订了去北海道的机票，幸好乘坐日本的航班国内线不需要身份证明，所以她很顺利地登上了飞机，顺利到达了札幌，然后转坐 JR 去富良野。

12 月的北海道一片白雪皑皑，冷得哈口气都能结冰。危晓从

JR 车站出来，外面还在下着雪，原本要来接她的民宿老板给她打电话，说自己的车在半路上抛锚了，现在正在等道路救援，离车站大约一公里，让她在车站里等候。危晓为了节省时间，便打算自己走过去和老板会合。

走了大约五分钟，路上的灯越来越少，车也越来越少，以前听说北海道人烟稀少，她便以为这是正常，坚持不懈往前走，再走了几分钟，路上便一个路灯都没了，周围都是山林，在落雪的映照下阴气森森。

她觉着不对劲，给老板打电话，老板说她走错了路，让她赶紧回车站，危晓于是回头，可走了几分钟之后，发现周围更加荒凉。她彻彻底底迷路了，想给老板打电话求救，手机却没有信号。

冰天雪地，崇山峻岭，万物俱寂，她与全世界失去了联系，仿佛被抛弃在孤独的外星球。

握着手机，危晓强迫自己冷静下来。据说雪天很容易因为雪光反射产生错觉而迷路，是她的疏忽。现在是晚上八点五十，气温会越来越低，她现在有两个选择，一是相信自己，继续找回去的路，另一个是尽快寻找能够御寒的地方熬过这一夜。现在手机没有信号，有可能会越走越远，所以她放弃了第一个选择，决定就近找找有没有避风坡。

做了决定之后她便往山边走去，可是那山明明看起来就在眼前，却怎么都走不到，她回头，雪地上她的脚印很快已被覆盖，向前看，却又像是海市蜃楼。

绝望深深笼罩住她，饥寒交迫使她体力直线下降，最终她决定就地挖一个雪坑，然后把所有的衣服全都拿了出来裹在身上，可惜她原本只是打算在北海道待两三天，所以并没有带多少衣服。躲在雪坑里被冻得瑟瑟发抖，她安慰自己，碰见那么多大风大浪她都没有死，这次她一样可以挺过去。

空旷冷冽的环境让她想起了很多从前的事，她终于想起来和时遇权唯一一次吵到差点分手是因为什么。那时候他日本的出版社让他过来商谈新一年的合约，她刚好有年假，便偷偷办了签证，买了和他同一个航班，想要给他一个惊喜，可在机场狭路相逢之后，时遇权的态度却很奇怪。

他不让她跟他一起去日本，她问为什么，他说了很多理由，比如要让她帮忙照顾饺子，比如她快要升职这时候不适宜请假，比如他要忙着公事没有空陪她玩……

这些理由在危晓听起来都很牵强，她越听越觉得时遇权有秘密，就逼问他到底为什么，是不是他在日本有不想让她知道的事，时遇权很生气，转身便退了机票，打车回家。

他们冷战了一个星期，危晓以为他们的关系差不多也就到此为止，她天生便倔，不可能回头认输。于是收拾行李趁时遇权不在的时候搬了家。时遇权一直没有联系她，她在新家难免心塞，没想到自己的初恋会结束得这样悄无声息，毫无气势。

她想，大约是时遇权已经厌倦了给凄凉的小鸟筑巢了吧，她总是依赖他，总想黏着他，总把他当作保护伞。他费尽心思为她提供最好的一切，动用他父亲的关系给她换轻松的工作，让她住到他世贸中心三十二层的公寓，上下班风雨无阻地接送……她突然觉得，她好像真是个被圈养的金丝雀，犹如一只废物。

痛定思痛之后，她便辞了待遇优渥混吃等死的工作，正好有个师姐要创业，见她日日在家颓废，便让她过来帮忙。忙起来之后，她有很久很久没有见过时遇权。有天晚上，她跟师姐一起去应酬，在包厢外面碰见了时遇权。看到他的那一刻，她的心立刻狠狠揪了起来，装作云淡风轻的样子与他打了招呼，就好像耗尽了全身力气。时遇权淡淡点了点头，脸上找不出一丝表情。她很悲伤地想，大概在时遇权的心里，她真的只是一个宠物吧，有则欢喜，没有也无关痛痒。

那一晚，她喝了很多，喝到要去医院洗胃的程度，那么巧，时遇权就在她的邻床，他也是来洗胃的。

他们打着点滴聊了一个晚上，时遇权告诉她，他在日本没有秘密，他只是不喜欢公私混谈，如果她想去日本玩，他可以另外抽个时间跟她一起去。天微微亮的时候，时遇权跟她求婚，没有浪漫的鲜花和气球，没有奢侈的场面和钻戒，他只是帮她揉着打点滴打肿的手背，轻描淡写地说："晓晓，我们结婚吧！"

她当时以为自己听错了，不敢相信地问："你说什么？"

时遇权重复了一遍，声音好听得像是屋檐下的风铃："我们结婚吧。"

危晓眼泪夺眶而出，失而复得的喜悦冲垮了她所有的心防，她毫不犹豫答应了他的求婚。后来他们约定下个长假一起去日本，只是这次，危晓因为工作太忙爽了约。再后来，就是筹备婚礼，再后来，师姐出国定居，结束了公司，她自己创业，凭借之前积累的经验和人脉辛苦地从零做起，慢慢地终于上了正轨，而她和时遇权却渐行渐远……

如果不是这次分手，也许她不会变成工作狂，在这之前，她的眼里心里全都只有时遇权，她的世界里爱情至上，可是那次短暂分手的喘息却让她意识到，不可以变成一个寄生虫，她要独立，她要强大，她不想当时遇权的宠物，她要他以她为傲，她要他舍不得放她走。

只是后来，这种想法不知怎么就变了味，她开始不喜时遇权的停步不前，希望他按照她的想法努力上进，然后便是无休无止因为鸡毛蒜皮的事引申到人生态度，然后争吵。

想起时遇权，她仿佛没有那么冷了，大概是冻得麻木了，看看手机，却刚过去两个小时，她有些气馁，离天亮至少还有六个小时，如果没有人来救她，可能她真的要葬身于此，为了不让自己睡着，她掏出了纸笔，开始给时遇权写信。

她一边哈手，一边断断续续地写，写了两页纸，写到钢笔里的墨水耗尽，看了一遍，却像是遗书。看来不管她怎么给自己打气，理智其实知道今晚凶多吉少。

危晓自嘲地笑了笑，然后折好信放进了手机壳里，如果她真的死在这里，时遇权也会知道，她是真的很爱很爱他，无论是对她和煦如春风、还是残酷如当空烈日一样的他。

写完信之后，她开始渐渐无法控制自己的意识，眼睛闭上的时间越来越长，后来便睡着了……

蒙蒙眬眬中，她仿佛又看见了时遇权，他焦急地朝她奔来，就像当初在桥下水中一样，他是她的救世主，一直，永远，从不曾放弃她。

醒过来的时候，危晓发现自己在医院，偏了偏头，就看见了时遇权。

竟然不是幻觉？可是这里是北海道啊！他怎么会在这里？

时遇权松了一口气："你终于醒了。"

"你怎么在这里？"

"我过来……办点事。"时遇权还不知道自己这件事能不能办成，所以不想现在就告诉危晓，"昨天你和民宿老板失联之后，他就给绪天赐打了电话，绪天赐知道我在北海道，就给我打了电话，然后我就跟着搜救队一起找到了你。"

"这样啊……"绪天赐永远是危晓的紧急联系人。

"你来北海道做什么？"

"来玩。"危晓并不想告诉时遇权真相，害怕他又会怪她多管闲事。

时遇权也不追问："那你休息，我出去办我的事情，然后再来陪你。"

"我什么时候可以出院？"

"医生让你留院观察一天。"

"那好吧，你去忙你的，不用管我。"

时遇权出了医院，从地图上找到那家居酒屋的地址，发现离这里不远，便打算步行过去。

危晓从病房的窗户看他走远之后，便迅速换了衣服，也溜出了医院。

到了傍晚，两人先后回到医院，医生给危晓做了检查之后说她各项指标都很稳定，可以出院，时遇权便带着危晓去了她之前预定的那家民宿。安顿好之后，他对危晓说："我们去吃晚饭。"

"好。"

危晓跟着他，一步一步，深深浅浅踩在雪地里，走了很久很久，才走到了一家居酒屋门前，进屋之后，老板娘就迎了上来，给他们倒了热茶递了菜单。

"这家很有名吗？"危晓有些好奇，"我刚看过来的路上有好几家跟这差不多的居酒屋。"

"不算有名，中午过来吃过一次，觉得还不错，就想带你来尝尝。"

危晓点了点头，点了一份招牌定食，时遇权还在看菜单，她便有些无聊地打量起这家店——是日本最常见的那种居酒屋，空间逼仄摆设陈旧，久年未曾装修，却充满浓浓的人情味，她隐隐约约看见隔着门帘的厨房里有个戴着头巾的大厨，围裙有些松，老板娘看见之后就从他身后帮他重新系上了，看样子是个夫妻店。

"危晓，你看见那个厨师了吗？"

听见时遇权的问话，危晓转过头来："看见了。"

"你认真看一看。"

危晓看向时遇权，觉得他的话里有玄机，他的眼神带着期待，头往厨房方向偏了偏，危晓疑惑地又看向厨房，老板娘正好掀开门帘端菜出来，她看见了大厨的脸，清清楚楚一览无遗。

危晓握住茶杯的手骤然收紧，她回头看着时遇权："你怎么知道他在这？"

"那就是我没找错了。"时遇权神情松弛下来，"我本来觉得他虽然很像，但是年龄上却有些出入，还不敢确认……"

"不，你猜错了，他不是我要找的人。"危晓整个人像是忽然被风雪覆盖，冷到发抖，"我有点不舒服，我先走了。"

她拿起外套就往外走去，时遇权连忙追了出去，他拉住在雪中疾走的她："到底怎么了？你的反应明明告诉我，我找对了，为什么你要逃跑？你不是一直很希望找到他吗?"

　　危晓停下脚步，找爸爸这个谎确实是她撒的，时遇权当真了也不能怪他。

　　时遇权有些沮丧："我以为你会很高兴呢，为了帮你找到爸爸，我一个从不信命的人碰到神社就会去帮你祈祷许愿，我还托了很多朋友，还找了私家侦探，好不容易从你给出的仅有稀少的信息里找到了这里，没想到你竟然会生气。"

　　危晓很惊讶，声音软了下来："对不起，我只是没有想好怎么面对他。"原来之前每次看见时遇权在神社神神秘秘地许愿，都是为了她，她还觉得那样的时遇权周身充满着疏离感，简直滑稽！

　　时遇权皱眉："可能是我太鲁莽，我应该提前告诉你这件事，多年未见，如果我是你，我的内心也会很矛盾，今天我们先回去，你想好了我再陪你过来。"

　　危晓很感动地说："谢谢你。"

　　"比起你为我做的，我所做的这些实在微不足道。"

　　等了这么久，她和时遇权的关系终于破冰，危晓吸了吸鼻子，故意问："你不是很讨厌我吗?"

　　"嗯，讨厌，可是现在，我更讨厌讨厌你的那个我。"

　　路上冰雪未融，危晓稍微分心去琢磨时遇权说的话，脚下便一滑，朝后摔去，时遇权伸手去扶她，却被她撞击得一起朝后仰去，危晓倒在了时遇权的身上，连忙想要站起来，可是越急，脚下就越滑，时遇权拉住她的手，慢慢站了起来，然后，手便没有松开。

危晓吓了一跳，心扑扑想往外蹦，时遇权这是怎么了？为什么要对她做这么暧昧的事？难道仅仅因为雪地太滑，他不想让她再次摔倒？

　　"时遇权……"

　　"嗯?"

　　"你走错路了。"

　　时遇权停下来看路标，危晓赶紧把手抽了回来，脸红得像是春天盛开的樱花。

　　"好像是走错了，不过前面有家拉面店，你肚子饿不饿？我们先去吃个饭?"

　　危晓点头。在拉面店，时遇权跟危晓说他收集来的有关她爸爸的信息："我听说那家居酒屋是老板娘的爸爸开的，你爸爸刚来日本的时候被黑中介坑，没收了护照签证，让他在工厂没日没夜干活，薪水不付就算了，连一日三餐都十分苛刻，你爸有一天和工头打了一架，然后逃了出来，正好逃到了老板娘的店里，从此以后便在那间居酒屋打工。后来老板娘的爸爸去世，临死之前让你爸爸照顾老板娘，没过多久，他们就结婚了。"

　　危晓摆弄着眼前的酱油瓶，冷笑："怪不得不愿意回国，在这里有家业继承，又没有我这个包袱。"

　　"你弄错了，他和老板娘前年才结婚，并不是刚来日本第二年就和她结婚了。"

　　危晓迅速抬头，满眼疑惑——前年才结婚，那么也就是2004年结婚，怎么会跟妈妈说的不一样？妈妈不是说是他先抛弃她们的吗？

回到民宿，危晓一夜未眠，想到第二天还要去拜访久木哲哉，就更是难以入睡。

迷迷糊糊，忽然听见门被人推开，有只手放到了她的额头上，似乎在试她是否有发烧，然后听到了时遇权自言自语："幸好没事，天天生病，不知道平时吃那么多有什么用。"

他如释重负之后便走了出去。危晓在黑暗中瞪大眼睛看着天花板，忽然记起，上次万圣节派对被吓到那次，她睡梦中迷迷糊糊也曾看到时遇权，原来那是真的，那不是梦。时遇权并不像他自己故意表现出来的冷血，他并不是真的讨厌她。他也曾默默关心她，照顾她，为她做了许多许多。

危晓掀起被子盖住头，痴痴笑了起来。

第二天早上，她独自一人去了那家居酒屋，隔着人行道，她看见爸爸佝偻着身体在门口扫雪，他和她记忆里的样子完全不一样，这些年，也许他并没有她想象中过得那么开心。

她走到店门口，危爸爸抬起头来，用日语说："不好意思，我们还没有开始营业。"

危晓用中文回答："我昨天来过，好像把手套落在你们店了，可不可以让我找一下？"

危爸爸便热情得多，朝里面喊了一声老板娘："美树，这位客人落东西了，你帮忙找一找。"

老板娘推门出来，把危晓带了进去，危晓四处找了一圈并不存在的手套，然后抱歉地说："不好意思，看来是我记错了，我肚子很饿，可以点个荞麦面吗？"

老板娘正要拒绝，危爸爸走了进来，他在玄关抖抖身上的雪。

"你要是不嫌弃的话，就和我们夫妻一起吃早餐吧。"

他转身去厨房做饭，老板娘给危晓上了热茶，然后说："每次碰到中国来的人，他总是特别高兴。"

"老板是中国人吗？"

"嗯，所以他料理做得很棒。"

"他来日本多久了？"

"我记不清了，有十年了吧。"

"他常常回国吗？"

老板娘摇了摇头："他从来没有回过国，有次他喝醉了，我问他为什么不回去，他说不回去的话国内的亲人可以更幸福。可我知道，在他心里，其实每时每刻都思乡情切，每次碰到中国客人，他才会笑容多一些，尤其碰到中国小姑娘，他总会笑眯眯给她们送他自己做的点心，那是他为他女儿研制的，看到那些小姑娘就好像看到了自己的女儿，我总笑话他，这么多年你女儿早就已经不是小姑娘了，可他说在他心里，她永远都是小姑娘。"

危晓眼眶有些湿润："那个点心，能给我吃一点儿吗？"

"当然可以，我去拿。"老板娘端着一盘姜糖糕出来，"老危这个人可怪了，会做这种带姜的点心，但是做料理的时候却一点姜都不放，说他女儿不爱吃姜。"

危晓拿起一块姜糖糕，吃进嘴里，所有的回忆便汹涌而至——小时候她很无法无天，那是因为爸爸宠她，她跟幼儿园的小朋友吵架险些被孤立，爸爸帮她送糖葫芦给人家赔礼道歉，她想要坐摩天轮爸爸恐高但还是陪着她一起坐……

危爸爸端着荞麦面和蘸面料出来，看见危晓在吃姜糖糕，便期待地问:"好吃吗?"

危晓哽着喉咙,点了点头。

危爸爸便说:"北海道的姜不行,没有我老家的姜好,如果用我老家的姜,做出来肯定比这还要美味一百倍。"

"那你为什么不回国呢?"察觉到自己的问题有些越界,危晓又说,"我的意思是,你为什么不回国去买点姜呢?既然那么好吃的话。"

"说出来你别见笑,我在国内现在是死亡身份,当年不懂事,以为不回黑中介那里就能好好挣钱,早日回国,没想到一年之后黑中介把我报成了因工死亡,骗了保险公司一大笔钱,我国内的户口也因此被注销。不过那个中介公司还算有点良心,给我家买了套房,还包了我女儿后来上学的所有费用。"

爸爸的话,像根线一样将危晓断断续续的回忆按时间点串联起来——她一直以为搬家买房是继父出的钱,原来并不是,应该是妈妈先受不了无穷无尽的等待,提了离婚,爸爸为了成全妈妈便答应了,可还没办离婚爸爸就因为被刺激跟工头打架逃跑,然后被当作意外死亡骗保,妈妈接到保险公司的通知,以为爸爸真死了,怕告诉她真相会让她伤心,所以就继续了之前的那套说辞,说爸爸是因为在日本有了新家不想要她们了,后来爸爸辗转联系上妈妈,发觉自己已经不能再回去便认了命……

危晓悔恨不已,她好恨自己,这么多年以来一直偏执地恨着爸爸,可其实是她错了,爸爸没有抛弃她们,爸爸是为了她们抛弃了自己的人生,他孤孤单单在日本一待就是二十年,而他最牵挂的她,却恨了他二十年……

危爸爸看到她眼泪夺眶而出，吓了一跳："怎么了？你吃不惯芥末？"用来蘸荞麦面的调料是酱油和芥末做的。

"嗯，没事。"危晓擦了擦眼泪，"你真是个好爸爸，如果我是你女儿，我会很爱你。"

危爸爸摆了摆手，笑着说："算了，只要她幸福就好，你要是喜欢，姜糖糕待会儿带点走。"

"谢谢。"危晓趁机说，"我觉得你做的糕点特别好吃，好像别的地方也没有卖的，能不能以后打电话跟你订购？"

自己的手艺被人欣赏，危爸爸开心还来不及："当然可以。"

危晓便拿到了爸爸的地址和电话。从居酒屋出来，她手上提着一个纸袋，袋里是一大块红糖姜糕。她吸了吸鼻子，把眼泪忍了回去，继续朝前走去。原来她一直被这样深深挂念，原来她不是一个被抛弃的孩子。真好，如果回到东京，能说服时遇权留在日本不要回国，她要再来一趟北海道，她要告诉爸爸，她很庆幸，她有世界上最好的爸爸，她要弥补爸爸，她要让爸爸下半辈子不再孤单冷清。

现在，最要紧的事，是去找久木哲哉。

危晓从公交车上下来，往旁边的小巷子里一拐，就到了久木哲哉的家，顾深深不知道托了什么关系，久木哲哉竟然愿意见她。她满怀期待地摁响了门铃，就听见一个冷峻的声音说："请进。"

她进了玄关，有保姆拿着拖鞋在等她，然后给她引路，把她带到了茶室。

久木哲哉已年过七十，但依旧高大挺拔，眉目严酷，看上去像是学校里很凶的教导主任。

危晓先恭敬地打招呼："久木先生，您好。"

"危小姐，你好。"

"突然打扰您，实在不好意思。"

"你的来意有人已经告诉过我，我对时遇权这个名字印象很深刻。"久木哲哉示意危晓坐在他对面的蒲团上，"可是我这个人，此生最恨撒谎，哪怕是善意的谎言，所以恐怕我不能配合你。"

危晓身子微微往前倾，十分着急地想要说服久木哲哉："我不是想让您撒谎，而是想告诉您，时遇权真的是一个很有天分的创作者，如果他就此止步不前，一定是漫画界的损失。"

"我想，这些话你应该去和他说。"

"可他十分崇拜您，在他心里，您对他的评语就像法官给他的宣判，他不能也不愿反驳，所以，他丧失了创作动力。我希望您能够鼓励他，让他重拾在漫画创作上的信心。"

久木哲哉十分不悦："危小姐，我见你，是给我故友面子，如果你再继续这样强人所难，就不要怪我送客了。"

"我知道我人微言轻，但我真的很希望……"她又往前凑了点。

久木哲哉仔细看了她几眼，好像突然对她产生了兴趣："你为什么这么在乎他画不画漫画？"

危晓像是在面试一样，虔诚回答："因为我知道，漫画是他的理想，他为了漫画付出很多很多，他甚至在他爱的人和漫画之间选择了漫画，不顾他爱人对他的无端攻击和蔑视坚持画下去，所以他不应该放弃，至少要让他的爱人知道，她是多么地无知和愚蠢。"

久木哲哉更加好奇："你不是他的爱人吗？"

危晓摇了摇头："不是，我只是他的一个朋友。"

"为了朋友，有必要来我这里苦苦哀求吗？"

危晓说不出话来，总觉得久木哲哉像是在转移焦点，可他为什么要这样做？他如果不想听她祈求，直接赶她走不就可以了吗？

看她冥思苦想的样子，久木哲哉笑了，从旁边的书架上拿下来一叠画稿，递给了她。

"时遇权早上刚刚来过，这是他新的画作。我确实曾经说过，他空有技术，缺乏构筑读者与故事共鸣的能力，可他今天给我的这些，让我觉得不可思议。"

危晓接过那些画稿，整个人呆住了，这不就是她和时遇权吗——女主角号称自己来自十年后，荒唐蛮横，追着男主角说她是他未来的老婆，男主角对她很烦，两人一起经历了一些啼笑皆非的事……

时遇权竟然已经早就开始重新画画了？

久木哲哉笑着说："从你进来开始，我就觉得你和这画上的女孩儿有几分相似，看你对他这么维护，看来我猜测的没错，女主角一定是你，你激活了他的灵感，这些人物不再漂浮于半空，而变得更加贴近现实，也就比较能引起读者的共鸣，这部作品，虽然笔法上还有些稚嫩，但已经可以看出他对于创作有所觉悟了，所以早上我就已经鼓励过他。"

危晓欣喜至极，不管怎样，只要时遇权重新开始画了就好，她真诚地向久木哲哉道谢："谢谢您。"

"不用谢我，要谢就谢你自己。"久木哲哉意味深长地说，"他可是在我鼓励他之前就已经重拾了画笔。"

危晓愣了一愣，忽然脸就红了起来。

第十二章

我允许你喜欢我

从久木先生家出来，危晓就看见了时遇权。

他在巷子口站着等她，看见她便缓缓走过来。

危晓不敢向前走，不敢相信这是真的，她的心随着他脚步的节奏，扑通、扑通，他越走越近，空气仿佛也变得甜糯起来。她知道，时遇权终于……终于……终于要回到她的身边了，这次不是幻觉，不是梦境，不是她的想象，而是真真切切的现实。

时遇权伸出手在她眼前晃了晃："发什么呆？不是想去滑雪吗？"

危晓忍着眼泪喊他："时遇权。"

"嗯？"

"你是不是喜欢上我了？"

在这个地方相遇，就预料到她会看到那些画稿，时遇权并不意外，只是故意皱了皱眉头："怎么？不允许吗？"

危晓连忙抓住他的手，死死握紧，用力到指尖发白："允许允许当然允许！既然喜欢上我，就不许反悔，以后要一直一直喜欢我。"

"你真的是个大婶哎，好啰唆啊！"时遇权虽然内心欢喜，可在大街上还是有些不自在，环顾四周，发现没有人在看他们，脸上的红才慢慢消退。

危晓笑意里漾着星辰，明媚动人："我要是大婶，你就是大叔！"

这一刻，她真的很美，像是京都明信片上春天的岚山，碧波水漾，清雅可人。

时遇权竟然看呆了，她的笑像一湾清澈的泉水，冲进他的心里，不一会儿，周身便沁着淡淡的甘甜。

"哪有我这么年轻的大叔，走啦，去滑雪。"时遇权反手将危晓的手放进自己手心，然后拉着她往公车站走去，眼角眉梢的笑意像是层层绽放的花瓣，越发灿烂……

坐车去滑雪场的途中，危晓觉得幸福来得太快，她很上头，就追问时遇权："你从什么时候开始喜欢上我的？"

"不记得了。"

"怎么可能不记得呢！"危晓急了，开始胡思乱想，"你该不会是在耍我吧？"

"我可没你那么无聊。"时遇权翻着大巴上的旅游套餐介绍，漫不经心地说，"我真不记得了，要说真是奇怪，我怎么会喜欢上你呢？要不然我好好想想，看是不是我脑子出了什么问题，所以才导致我做了错误的判断。"

"算了算了，我不问你了。"危晓可不想煮熟的鸭子飞走，乖乖靠回自己的座位，不一会儿，就睡着了。

时遇权侧头看她，眼里全是暖融融的光。他做了选择，就不会变。是她改变了他，是她让他变得柔软，变得感情丰沛，是她让他发现，原来他也可以这样不顾一切去爱一个人。

那天他在医院跟她聊完之后，想了很久很久，最终忍不住将他们的故事画了下来，刚好这次要来北海道找危晓爸爸，所以干脆把画稿带了过来，想让哲哉先生过目。哲哉先生对他大为赞赏，他才察觉，原来他对她的感情，比他想象中还要深。

缘分真是奇怪，一年之前，他怎么也不会想到，他会喜欢上一个比自己大八岁又啰唆又八卦的大婶，可是现在，她睡在他的旁边，却让他觉得自己是世界上最幸福的男人。

时遇权把危晓滑向玻璃窗户的脑袋轻轻放到了自己的肩头，从此以后，无论好坏，他都会像现在这么爱她，这是他给她的承诺，也是给自己的承诺。

进了滑雪场，穿好护具之后，危晓艰难地站起来，问时遇权："你以前滑过雪吗？"

"没有。"

"我也没有！"危晓惊呼，"那怎么办！没有人领着我们会摔死的！"

"哪有那么夸张。"

时遇权自认平衡力还算不错，压根不觉得滑雪会有什么难度，可是进了雪场之后才发现，他真是太高看自己，一步一步举步维艰。他们在平地适应了半天，打了好几个滚儿，才走到了坐缆车的地方。坐在缆车上，俯瞰下面白雪覆盖的针叶林海，危晓有点眩晕，接着便觉得连自行车都学了一个月的自己跑来滑雪真可谓鬼迷心窍。

到了绿道，有个滑雪高手刚好在教自家六岁的孩子，时遇权便假装若无其事地凑过去，蹭听了半节课，然后走了回来，信心满满地跟危晓说："滑雪其实很简单嘛，来，我教你。"

危晓投去不信任的目光："你确定你可以教我？"

"放心吧，这里是绿道，本身难度就不是很高，你看这儿好多孩子呢，肯定不会有危险。"时遇权指着自己的雪板向危晓转达他刚刚偷师来的技巧，"把身体重心放在前面，然后用侧向力，用雪板的侧刃卡住雪面用力……"

危晓紧紧攥着他的手，摇头："不行，我害怕。"

"那你先看着我滑。"

时遇权想要逞一次英雄，撑着雪杖，起势，腾空，然后一发不可收拾地往下飞去，他的速度极快，途中倒是没有摔倒，但是到了平地该停下的时候却不知道怎么停，只能任由惯性将他不断往前拉，最后一头栽进了雪里。

危晓在山上笑得前仰后合，等到时遇权又坐着缆车上来之后，就更加不敢去滑了。

时遇权想说服她："雪很厚，摔下去不疼，人的恐惧来源于未知，你跟我去试一次就知道，一点儿都不可怕。"

"我不要。"

"大婶，是你说要来滑雪的。"

"不许叫我大婶！"

"那你就拿出点年轻人的勇气来啊！"

危晓在时遇权的刺激下，深呼吸又深呼吸，终于开始下蹲，撑着雪杖一鼓作气地滑了下去，耳边是呼呼啦啦的风，目线前方是水墨画一样的林海雪原，滑落的速度快得好像真的在飞，一瞬间什么烦恼都被抛在了脑后，只想对着山林树木大喊："哇……哦……"

然而她终究还是重蹈时遇权的覆辙，该停下来的时候不知道怎么去停，身子直接扑进了雪里。冰冷的雪将她的整张脸裹在里面，她睁开眼什么都看不见，可却一点儿都不害怕，因为她知道，现在的她已经不是只有自己了，就算她被困在黑暗里，时遇权也会拼尽全力来救她。

时遇权跟在危晓后面扑到了雪里，然后去拉她起来，危晓没有保持好平衡，反而把时遇权拽得倒下去，他一张脸像是天幕倒塌一样突然直直冲她而来，在她还没有反应过来的时候就亲吻到了他的唇。

她傻乎乎地瞪大着眼睛，时遇权很快就翻了个身，坐到雪地上，假装不悦："危晓，这是第二次了，以后想亲我不用搞这么大阵仗，告诉我就行。"

"第二次？"危晓莫名其妙，穿越过来之后时遇权和她明明一直剑拔弩张，什么时候亲吻过？他是不是记错了？

危晓来不及多想，时遇权便伸手把她捞了起来，然后两人又坐着缆车上去了，正好这次高手在教自家孩子怎么停止，于是两人侧着耳朵聚精会神听着……

晚上回到民宿，两人都是腰酸背痛，瘫在榻榻米上不想动，民宿老板便把晚餐送到了房间里，时遇权去洗手，老板一边摆盘一边说："你男朋友真的很在乎你，前天晚上，搜救队找到凌晨一点之后本来打算放弃对你的救援，可是他不肯，说就算所有人都不去，他一个人也要进山去找你，搜救队害怕连他都出事，所以派人跟着他，最后终于被他找到了你，也是你们的福气，最近已经有两起因为探险迷路冻死在山里的事故了。”

危晓听完之后，莫名想哭，她原本以为时遇权出现在医院是接到了民宿老板的电话，没想到，是他坚持搜救，才给了她一线生机。她后知后觉地发现，从前以为遥不可及的幸福正在慢慢膨胀……

回东京的飞机上，危晓嘱咐时遇权：“我们的事先不要告诉亿欢和天赐他们。”

“为什么？”

“难道你真看不出来？亿欢她喜欢你！”说到这里，危晓的嘴不自觉地噘了起来，一想到自己老公被这小丫头觊觎了这么多年，就忍不住吃醋。

“不可能吧。”

时遇权满脸的惊诧和怀疑骗不了人，危晓无语地说：“怪不得之前久木哲哉说你的作品没有灵魂……你真是感情凉薄……”

“我跟亿欢从小就认识，我们俩之间要是有什么早就有了，也不会等到现在，亿欢怎么可能喜欢我呢！我以前交女朋友的时候她还经常跟着我们去约会呢！”

危晓眼睛一亮，放下了韩亿欢的话题，推着他的胳膊追问道：“你以前交过几个女朋友？为什么从来没听你提过！你的初恋是几岁，你们发展到哪一步了……你不要装睡……你快告诉我……”

时遇权紧紧闭上眼睛，装睡到底。

危晓只好放弃了"严刑逼问"，转回自己的座位。同样的问题，其实她早就问过时遇权，那时候的时遇权回答她："从前的事我全都忘了，如果你非要知道的话，我努力想想，把那些回忆全都找回来。"

她当然说不要，后来时间久了，她也就懒得问了，现在再问，其实也不是真的为了要答案，而是想要确认他真的又重新属于她了。

时遇权虽然觉得韩亿欢喜欢他像是无稽之谈，但到底还是依了危晓，回去之后没有太张扬。

韩亿欢有点不高兴，他们两个去北海道居然没有带她一起。可时遇权说是去找久木哲哉，危晓说是去找爸爸，他们两个并非约好一起去的，所以她也没什么理由发难。她丝毫没有怀疑这两人的关系，因为她从来不觉得危晓会是她的威胁。任何一个二十出头的小姑娘都会想当然地觉得爱情只会属于她们这些含苞待放的少女，至于三十岁的女人，已是明日黄花，只配做黄脸婆，不具备被爱的资格。

绪天赐却敏感地察觉到了危晓和时遇权的关系，危晓便没有瞒他："是，我们是在一起了。"

"这怎么可能！时遇权……时遇权……时遇权怎么可能喜欢你！"

"为什么就不可能喜欢我？"

绪天赐抓了抓头，十分费解："我一直以为他要求很高，你看啊，他连亿欢都不喜欢……"

这话危晓更不爱听了："绪天赐！在你眼里我就那么不堪吗！"

"不是不是。"绪天赐发觉自己说错话，赶紧找补，"你很好，只不过你毕竟比他大了八岁，你上小学的时候他刚出生，就算是姐弟恋，这个跨度也太大了，你确定时遇权不是在耍你？"

危晓气极反笑，拍着绪天赐的肩膀说："小天使，你这个不谙世事的小脑袋就不用替我考虑了，你可以换个角度去想想，时遇权现在跟我在一起，你不就有机会追亿欢了？"

"可是我更怕你和亿欢受到伤害！"如果时遇权真的在耍危晓，危晓肯定会很伤心，但如果他俩是真心交往，亿欢肯定会更伤心，不管谁伤心都不是绪天赐想要见到的。

提及亿欢，危晓面色凝重起来："你放心，我会处理好这件事，不会让亿欢受到伤害的。"

思前想后也没有想到什么好办法，所以危晓选择了继续逃避。

很快就要到元旦，日本的元旦相当于国内的春节，是一年最受重视的团圆佳节，所以绪天赐的爸妈邀请大家一起去他家跨年，韩亿欢因为要参加学校的新年联欢，所以要晚一点儿过去，于是绪天赐下午先接了危晓和时遇权过来。

上次他们来过一回，和绪天赐的爸妈都见过，再见面更是亲切，绪爸爸带着大家看他在院子里种的那些蔬菜，满怀骄傲地说他种的蔬菜肯定比超市里的好吃，然后又说明年他要种西瓜，到了七月，欢迎大家再来开纳凉晚会，看花火吃西瓜。

绪天赐十分不给面子地吐槽，"爸，你还是先把西红柿种好再种西瓜吧。"

"就你话多。"绪爸爸瞪他一眼，然后转过身，笑眯眯地对着客人说，"你们先逛着，我去帮你们阿姨准备晚饭。"

绪家的院子比起上次来的时候充实了不少，靠近院墙的地方种了一排松树，绪天赐爷爷留下来的盆景也全都搬了过来，再加上绪爸爸种的菜和绪妈妈种的花，整个院子就算在冬季也郁郁葱葱生机盎然。院子的西南角安了个实木色秋千，坐在秋千上就可以将整院风光一览无遗，惬意悠然。

绪天赐看时间差不多了，便说："我要去接亿欢了，你们自便。"

危晓此刻巴不得他赶紧走，便连连点头，等他走远之后，便拉坐在秋千上的时遇权起来："我们去附近那个神社逛逛吧。"

"好。"

两人和绪爸爸绪妈妈打了招呼，就出了院门，朝着那家小小的神社走去，不知不觉手就牵在了一起。他们从北海道回来之后，危晓一直避讳着韩亿欢，所以和时遇权很少有单独相处的机会，更别说像现在这样旁若无人地牵手。

在危晓心里，她一直对绪天赐和韩亿欢都满怀着谢意，如果不是他俩善良，或许她早就被遣送回国或者流落街头，是绪天赐教她这个陌生国界的生存法则，是韩亿欢给她提供了稳定的生活，可她却用距离的便利抢走了她喜欢的人……

时遇权知道她在想什么，便说："我还是觉得你想多了，不如趁着今天大家都在，我们告诉大家我们的事吧，也省得你以后总是胡思乱想。"

"不要!"

"那随你吧。"时遇权心里一直不觉得亿欢是大问题，他费尽思量的是另外一件事，趁气氛正好，他试探地问，"等过完元旦，就快过春节了，你家里人应该也很希望你回去团年吧。"

危晓立刻警觉起来："你想让我回国？"

"危晓，我并不是希望你走，只不过，我觉得你继续待在日本对你不公平，现在你已经找到爸爸，也应该回去了，再在这边蹉跎下去，你的事业怎么办？你的人生怎么办？"

"我不要事业，我只要你。"

时遇权好笑地说："你怎么这么傻，你是回国，又不是去外太空，事业和我又不是鱼与熊掌，还必须要抉择，你回去之后我们可以用 QQ 联系，我假期回国也能去看你。再过几年，等日本入管局对你的禁止期满，你就又可以办好签证光明正大地过来，还可以去看你爸爸，多好。"

危晓屏息，忽然问："你还记得刚认识的时候，我说我是你未来的老婆吗？"

"记得啊。"时遇权的眼眸灰暗下来，她来搭讪他，说到底还是因为他和她亡夫长得像吧，这件事在他的心里盘桓了很长时间，像是一个结，好不容易才解开。

"我真的是你未来的老婆，所以我不能走，我要是走了，就会回到未来，我们就再也见不到了。"

时遇权停下，捏了捏危晓的鼻子："你的表情要是再认真一点儿，我可能就要相信了。"

"我说的是真的。"

"那你的意思是我很快就要死了？"

危晓愣了一愣，她怎么把这件事给忘了？她不要时遇权知道自己未来的命运，她希望他能够一直开开心心。于是叹口气，装作不开心的样子："哎，你真的很难骗，算了，当我没说过。"

"那你考虑考虑我给你的建议。"

危晓眼露不舍："至少要让我看场樱花再回去啊。"

时遇权也舍不得她这么快就走，毕竟她回国之后短期内就不能入境，而他上大学院之后学业会更忙，两人就无法能常常见面了，便点了点头："好，明年我带你去看樱花。"

危晓瞬间喜笑颜开："以后我们在日本定居好不好？我想要每年都跟你一起去看樱花。"

"定居？"时遇权从来没有考虑过这个问题，"你喜欢日本？"

危晓拼命点头，想要打动时遇权："你不是很喜欢漫画吗？日本的漫画市场这么大，你也可以更好地施展才华啊。"

"行，那我也考虑考虑你的建议。"

时遇权随口答应下来，他们刚好走到了神社，这家神社跟上次比起来热闹了很多，张灯结彩，挤满了人。

危晓好奇地问："怎么这么多人？"

"晚上人肯定会更多。"

"为什么？"

"在日本有一个传统叫初诣，就是新年的第一次参拜的意思，他们都很重视也很诚心，因为人多所以就有了商机，外围就会出现很多卖小吃的摊子，你可以理解成国内的庙会，初诣跟国内抢头香差不多，都是越早越好。"

危晓眼神里透着跃跃欲试："那我们晚上一起过来吧。"

时遇权"嗯"了一声："这边有很多小吃，等下我们早点过来逛逛。"

"那现在去哪儿?"

时遇权环视四周,发现前面有个小公园,便说: "去那坐坐吧。"

日本的小公园基本都大同小异,几棵大树,饮水台,供小孩儿玩耍的沙坑,儿童游乐设施……危晓一下就想起了家附近的小公园,有点怨念地说:"就因为你不喜欢猫,我在公园救了一只流浪猫都不敢带回去,现在它不见了。"

"公园的流浪猫?是不是白色的?"时遇权突然想起危晓发高烧的那个晚上,跟在他身后恋恋不舍的那只猫。

"对啊,你怎么知道?"

"我见过。"怪不得那猫最后跳到危晓的阳台上,原来它认识危晓,它知道危晓生病所以来看她,还挺有灵性。时遇权突然觉得自己没那么讨厌猫了,"如果还能再见到它,把它带回来养吧。"

"你同意了?"危晓惊喜地说,"你不是不喜欢猫吗?"

时遇权故意哼了一声:"我以前还不喜欢你呢。"

"你说什么!你再说一遍!"

危晓扑向时遇权,两人打打闹闹地缠在一起,突然听到了一个韩亿欢的声音:

"你们在干什么?"

韩亿欢接近石化状态,一脸不可思议地盯着这两个人。

危晓赶紧和时遇权分开,手足无措地说:"亿欢,你听我解释……"

韩亿欢走近了两步,冷冷的目光盯着她:"好,你解释。"

危晓蒙了,这和想象中的剧本不太一样,刚刚她说要解释是应急反应，可是真让她解释，她却不知道该怎么说。

时遇权看韩亿欢很凶地看着危晓，便走过去，大大方方牵起了危晓的手："我们在约会。"

"啊——"韩亿欢忽然捂住耳朵大喊了一声，吓得刚刚停好车的绪天赐赶紧跑了过来。

"怎么了，亿欢？别激动，有话好好说。"

"他们……他们……"韩亿欢脸上眼泪纵横交错，却说不出话来，手指着时遇权和危晓直哆嗦。

绪天赐握住她的手，感觉到她全身都在颤抖，心疼地说："不属于你的就不要去强求，我们走吧，你值得更好的。"

"不！我不走！"韩亿欢狠狠甩开绪天赐的手，冲到时遇权面前，"阿权，从前我还小，你不把我当女人看也就算了，你交女朋友我也就忍了，可我已经长大了，我也过了法定结婚年龄，为什么你就不能喜欢我？我到底哪点比不上这个大婶！"

时遇权倒吸一口凉气，他突然发现危晓和绪天赐一直在忠告他的事情原来是事实，心情很是复杂，他张了张嘴，却什么都没说出来。

危晓硬着头皮解释："亿欢，我知道我不对，我不应该明明知道你喜欢时遇权，还跟他在一起，可感情这回事，谁都没有办法控制，我喜欢他，他也恰好喜欢我，我无法抗拒，所以请你原谅我。"

韩亿欢气得发抖："我真的没有想到农夫与蛇的故事会发生在我的身上！危晓！你在日本什么都没有，我给你工作，给你住的地方，我把你当最好的朋友，你却这样对我！感情没有办法控制？

卑鄙的人总是有千百个理由为自己开脱！呵！我不会放过你的！我绝对不会放过你！"她重复了好几遍，恶狠狠地说，"我现在就去找警察！我要告诉他们你是个黑户！你休想继续待在阿权的身边！我要让你滚回国！"

她说完，像是找到了目标，朝着下坡跑去，在坡下便利店旁边，有一个派出所，如果她真的去报警，问题就大了。

时遇权和绪天赐连忙去追她，然后联手拦住了她。

绪天赐着急地劝她："亿欢，你别这样，你冷静冷静，事情总有办法解决，你不要一时冲动做最错误的决定。"

韩亿欢却迁怒于他："怎么？连你都觉得那个大婶是块宝，碰不得摔不得了吗？既然这样，你也去喜欢她好了！"

绪天赐更急了："你明知道我不是那个意思！"

"如果在你心里我比那个大婶更重要，请你不要阻拦我。"

绪天赐跺了跺脚，只好让开了。

时遇权整个身体拦在了亿欢前面，他充满歉意地说："亿欢，我知道从前我没有察觉到你对我的感情，是我不好，但这跟危晓无关，你要是想找个人发泄可以冲着我来，你对我做什么都可以，我只请你不要伤害危晓。"

"我不想伤害她，是她先伤害我的！如果没有她，我有信心，你一定会喜欢上我，我们之间进展一直很好不是吗？你都已经不把我当妹妹看了，再过一段时间，你就会把我当女人看了，你一定会发现我有多么好……"韩亿欢泪流不止，她好后悔，后悔为什么没有早一点跟时遇权表白，为什么要因为那些微不足道的自尊心死活不敢把那句话说出口。

时遇权觉得还是跟她说清楚比较好，便有些残忍地说："亿欢，就算没有她，我也不会喜欢你。"

"你说什么？"韩亿欢停住了眼泪，双眼迷茫而绝望地看着时遇权，"你为什么不会喜欢我？是我哪里不好吗？"

"我跟你之间，早就已经像是亲人，我不可能对你产生爱慕之情。"时遇权见韩亿欢的情绪像是平静了一些，于是试图跟她讲道理，"其实你也并不是喜欢我，你只是依赖我，十几年来你已经习惯了这种依赖，这是个错觉……"

"时遇权！到了这个时候你还要怀疑我的真心！十五年了！已经十五年了！难道在你心里我就那么像个笑话吗？自欺欺人十五年？为了给那个大婶开脱，你竟然这样是非不分黑白颠倒！"韩亿欢痛彻心扉，她突然觉得她没必要再为眼前这个人伤心，果断擦干眼泪，眼神更加凶狠，"你能挡得住我一时，但你挡不住我一世，我绝对不会放过危晓。"

时遇权失望极了："你以前不是这个样子的，你虽然偶尔刁蛮偶尔任性，但你从来不会去做伤害别人的事……"

韩亿欢冷冷地说："是你和她把我变成现在这个样子。她明明知道我喜欢你，明明知道我对你的感情有多深，可是偏偏横刀夺爱。而你，竟然去喜欢一个一把年纪的大婶，我真怀疑你是不是脑子坏掉了。"韩亿欢现在觉得很屈辱，这一刻她甚至期望时遇权的女朋友是顾深深，输给顾深深也比输给危晓好，至少顾深深出类拔萃，她也能输得心服口服。

"我没有办法改变你的想法。如果你真要去报警，随你吧。大不了我陪她回国就是。"时遇权放弃了劝说，"不管最后你做什么样的决定，在我心里，你永远都是那个阳光明媚的小姑娘，我希望你能继续没心没肺开开心心。"

他说完，又对绪天赐说："我想今天这个状况，我们不太适合留下来跟你们一起跨年，我们就先走了。"

绪天赐无奈地点了点头："我会好好照顾她。"

时遇权走向了一脸为难和愧疚的危晓，两人一起从另一个方向离开。

危晓不停自责："都怪我不好，我应该早点跟她说，也不至于突然之间让她承受这么大的打击。"

"是我不好，是我太自负，一直误解了她对我的感情。你别太责怪自己。"

"亿欢真的会去报警抓我吗？"

时遇权摇了摇头："她不会，我了解她，她嘴硬心软，但是我们必须尽快从她家里搬出来了。"现在这种关系，再继续待下去，只会让情况越来越糟糕。就让时间和距离去愈合亿欢的伤口吧。

"好，那我们今晚怎么办？"

"先去吃饭，然后再去逛庙会。"时遇权捧着危晓的脸揉了揉，"开心一点儿，明天就是新的一年，一切都会好起来。"

危晓感受着他掌心里的温度，挤出了一个笑脸，两人手牵手离开了这里。

第十三章

新年快乐

　　韩亿欢在原地愣了片刻，忽然就往前走去，绪天赐以为她还是要报警，就跟了上去，苦口婆心："你报警不能改变他们俩在一起的既定事实，反而会引起时遇权对你的反感，何必呢？如果危晓被遣送回国，时遇权也跟着她一起回国，你岂不是鸡飞蛋打？"

　　"那我应该怎么办？"

　　绪天赐的手机响了起来，是妈妈的来电，他便跟韩亿欢说："你先跟我回家，大家都冷静冷静。"

　　韩亿欢想了想，便跟着绪天赐回家了，她在日本就这么几个朋友，除了去绪天赐家，她也不知道自己可以去哪儿，她不想回家，只要一想到那两人竟然背着她在那间屋子里暗度陈仓，她就觉得很生气很恶心。

　　吃完饭，绪天赐带着亿欢出去散心，走到神社附近，看见有卖烟花的摊子，就买了很多。绪天赐看亿欢一脸疲惫又兴致缺缺，便偷偷给危晓发了短信，收到回信之后对韩亿欢说："他们俩今晚不回去，要不然我送你回家？"

韩亿欢问："他俩去哪儿了？"

"去了顾深深家里。"

韩亿欢"嗯"了一声，算是默认了回去的方案。绪天赐想起她晚上几乎没吃几口，又去给她买食物，韩亿欢看他扎在人群里买她喜欢吃的东西，被挤得东倒西歪但还是牢牢护着胸前的章鱼小丸子和年糕，眼眶渐渐红了。

是了，她有什么资格责怪时遇权不解风情，又有什么资格责怪危晓横刀夺爱，她对绪天赐更残忍，她明知道他喜欢她，却只会利用他，利用他对她的好感让他帮她做很多很多事，经常对他呼来喝去，她比起时遇权和危晓，更坏更没有人性。她确实不值得被爱。她开始心疼绪天赐，心疼这个一直以来心甘情愿做她小跟班的男生，他爱她绝对不比她爱时遇权少，可他总是那么甘心地守在一旁，与她同喜同悲，默默守护她却从不要求她任何。绪天赐才是最有资格觉得委屈的人，可他却没有。韩亿欢决定以后要对绪天赐好一些。

到家之后，韩亿欢便让绪天赐去拿了个打火机，两人在院子里放烟花。

先是点了一堆仙女棒，两人摇曳着满手的星光灿烂，疯疯癫癫在院子里闹了一阵。

闹得累了，韩亿欢便在院子里坐了下来。她像是一夕长大，整个人沉淀下来，眼神不再单纯清澈，而是深不见底。

"天赐。"

"嗯？"

"谢谢你。"

"这么客气做什么?"

韩亿欢转过头,朝着绪天赐粲然一笑,她的笑容比天上的星光还要璀璨,绪天赐觉得在那一刻,亿欢好像变成了一个他不认识的人。

"这么久以来,谢谢你包容我的任性,有你这样的朋友,真是我三生有幸。"

"亿欢,你怎么了?"韩亿欢以前从来不会跟他客气。

"没什么,来,我们继续。"韩亿欢拿起了一根最粗的烟花棒。

绪天赐帮韩亿欢点燃,韩亿欢举着烟花棒对向楼上危晓和时遇权的窗口,像是想要用烟花当武器,发泄心里的怒火。这烟花棒威力一般,没有什么危险,绪天赐便由着她。

忽然一阵风起,纱帘随风摆荡出来,正好遇上了烟花飞溅的火苗,火花瞬间便燃烧起来。绪天赐吓了一跳,忙往楼上冲,等到他冲上去的时候,危晓房间窗户的整面墙已经烧着了,他记得三楼露台有个灭火器,忙又往楼上跑。

韩亿欢在楼下看到那面窗火光缭绕,忽然大笑起来,笑得前仰后翻,笑得如痴癫狂,笑够了之后,便拿出了手机。

"爸,对不起,房子不小心被我点着了……我没事……我想回家……嗯,明天就回……"

她挂掉电话,笑中带泪,曾经的梦就像那枚纱帘,已经被这场火燃烧殆尽。她的人生路,也该重新启程。

顾深深的家在东京湾一栋高级公寓的最高层,两居室。

走进玄关,她便说:"只有一间客房,你看你们……"刚刚在浅草寺附近遇见，她已经看见时遇权和危晓牵着手，于是说话便留了余地。

"我住客厅，这里景色蛮不错。"时遇权走到大大的落地窗边，万家灯火充斥着新年将要到来的喜悦，远处的海面上还有星星点点的渔火。"

"那行，我去给你拿被子，电视你们自己开。"

时遇权打开电视，红白歌会正如火如荼，这是日本每年跨年夜的经典节目，相当于国内的春晚。

危晓靠近时遇权，与他并肩坐在沙发上，趁着节目的间隙问他："为什么答应来顾深深家里住？"

"这几天房地产中介在放假，要到4号我们才能去租房，在顾深深家住几天作为过渡也好，我不想让你太奔波。"

"我们也可以找个酒店住下。"

时遇权敏锐地察觉到危晓在闹别扭："怎么？你不喜欢顾深深？我以为你们关系还不错。"毕竟上次她生病顾深深还去家里看过她，而且还帮她约过久木哲哉。

危晓皱了皱眉："不是不喜欢，可能……是自惭形秽吧，她那么完美，我在她面前有压迫感，所以有些不舒服。"

"既然你不喜欢，那我们现在就走。"

危晓拉住时遇权的胳膊："算了，来都来了，要是现在走反而显得奇怪。"

时遇权勾住她的手指："顾深深是顾深深，你是你，你也有她没有的优点，所以不用自卑。"

危晓期待地问："真的吗？我有她没有的优点是什么？"

"死皮赖脸的精神。"

危晓气得撒开他的手，跟他保持了两米的距离。顾深深正好从储物间出来，把被子放到沙发上："等下我去做点荞麦面，吃完我们再去浅草寺初诣。"在日本，新年的荞麦面就跟国内除夕夜的饺子一样不可缺少。

"我来做吧。"

顾深深没有跟危晓客气："行，那我去客房收拾一下。"

危晓去厨房找到荞麦面，煮开水下锅，就想起了北海道的爸爸，不知道这时候他是在煮荞麦面还是煮饺子。

她出神地望着锅，思绪翻飞很远很远。小时候每年过年，爸爸都要教她包饺子，可她怎么也学不会，爸爸就笑话她是笨蛋，她总是不甘示弱回嘴，说生出笨蛋的也是笨蛋，爸爸就拿面粉弹她，最后两人都会弄得满脸满头雪白……

后来结了婚，和时遇权一起过年，总是先去公公婆婆家吃年夜饭，看完春晚再回到自己的小家，时遇权每年都会给她一个压岁红包，她第一次接到，心里欢喜，嘴上却傲娇："我又不是小孩子了，不需要压岁钱。"

时遇权笑说："我倒希望你是小孩子，在你长大过程中还有机会矫正你的臭脾气。"

"我脾气很臭吗？我不觉得。"

"你先打开看看。"

她打开红包，里面是一张 VIP 体检卡，大大小小几十个项目，她拿着卡歪着头问时遇权："你确定这不是送你爸妈的礼物？我还这么年轻，用不着吧？"

"我们全家每人都有一份，所有亲人都身体健康是一个家庭最大的福气。"

她为了已经成为他的家庭成员心里美美的，便高高兴兴收了那张福气，可是因为工作忙，她总是不记得去用那张卡，到了年底，便会有时遇权和医生的双重催命连环 call。现在想想，其实在时遇权的心里，真的一直要求不多，平安、健康，他对命运就已经感恩万分。时遇权看得比她通彻，是她领悟得太晚，才会经历一场惨痛的失去。

"危晓，水沸腾了。"

听到顾深深的声音，危晓从回忆里醒过神，连忙往锅里放面条。

吃完这个寓意斩断旧年所有烦恼和霉运的荞麦面，就快十二点了，于是大家又一起出门去初诣。浅草寺门口已经人山人海，队伍排到了寺外。大家都激动兴奋地等待着迎接新年。很快，就响起了新年钟声倒数。

"10，9，8，7，6，5，4，3，2，1……"

人群发出振聋发聩的呼喊："Happy new year!" 新的一年就这样如约而至。

他们排队了三个小时才终于参拜完，回到家里已经凌晨四点，各自疲惫地睡去。第二天上午十一点，危晓才醒过来，出了房间，发现外面安安静静，顾深深的房门紧闭，时遇权还在沙发上睡着，便打算先去做早餐。

米刚下锅，顾深深就出来了，她走到厨房说："早就听说你厨艺很好，一直想尝尝都没有机会，现在可算有口福了。"

"我厨艺一般，也是来日本之后现学的。"

"不要谦虚了，时遇权可是常常夸你。"顾深深看见料理台上摆满了蔬菜，"我帮你吧。"

危晓在顾深深家里住着，总是欠她人情，便想自己包下所有的活儿："不用，我自己可以。"

"两个人干活更快，我肚子早饿了。"顾深深不由分说去拿胡萝卜，"这个需要削皮吗?"

危晓便不再跟她客气："需要。"

顾深深从架子上拿了刮刀给胡萝卜削皮："你和时遇权会在一起，我挺意外。"

危晓笑了笑，没有说话。

"我没有别的意思，不是说你们不配。而是……"顾深深斟酌了一下词句，"你们像是两个极端的人，你比较温柔和气，时遇权为人冷淡，你好像对未来没什么规划，时遇权却是一个不折不扣的计划派……不过或许正因为这样，所以你俩比较互补。"

"深深，你有很爱的人吗?"

顾深深手里的胡萝卜忽然滚了出去，她从水池里捡起来，装作漫不经心地说："没有。"她发给那个人的邮件，那个人已经很久没有回过了。

危晓一边切着土豆一边说："其实感情这回事，就是玄之又玄，谁也说不清楚，你说是不是?"

顾深深何等聪明，立刻明白危晓不想和她讨论感情的问题，便笑着附和："是啊。"

她发现自己低估了危晓，她以为危晓找了一个比自己小八岁，又那么优秀的男朋友，一定会像一个胜利者一样乐于与人分享经验，没有想到，危晓竟不觉得自己能和时遇权在一起是什么值得炫耀的事。也许危晓确实有这样自信的资本，只是她没有看到而已。

她有深爱的人，她确实也是为了躲他才来了东京，她以为自己可以洒脱，离开有他的城市就能忘了他，可惜天不遂人愿，在她的心里，那个人依然像是一根刺，难以消融。

时遇权醒来的时候，饭菜已经准备好，他们吃完之后顾深深就很识趣地说自己要去参加一个聚会，下午不跟他们一起玩了，请他们自便。

危晓便说："这两天多有打扰，我们打算今天去京都，晚上就不回来了，谢谢你的招待。"

顾深深"唔"了一声："我知道了，那祝你们玩得开心。"

坐在新干线上，时遇权问危晓："为什么要来京都？"

"突然想泡温泉。"

危晓早上联系佐佐木奶奶，跟她说新年快乐，问了她的眼睛又问她生意好不好，佐佐木奶奶苦笑："房间全都是空的。"她不擅长宣传，也没有网站，所以接待的几乎都是当地的熟客，这几天是新年，人人都在家欢度佳节，她那里自然就没有人。

危晓便决定要过去，因为在东京正好无处可去，而她跟佐佐木奶奶总有一种莫名其妙的亲近感，所以她想陪陪她。

她和时遇权赶到民宿的时候，佐佐木奶奶正在吃晚餐，餐厅昏黄的灯光下，她独自一人，形单影只，落寞寂寥，打开门，发现是他们两个，很是惊喜，忙让他们进来。

"吃饭了没？我去给你们做饭。"

"不用了，我们在车上吃过便当。"危晓明知故问，"还有空房吧？"

"嗯。我领你们上去。"佐佐木奶奶意味深长地看了他们一眼，"一间房就够了吧?"

危晓还没有说话，时遇权便淡淡"嗯"了一声。佐佐木奶奶便笑意盈盈地拉着危晓的手，带着她往楼上走去，上次他们过来的时候危晓对于时遇权的关心溢于言表，现在看她得偿所愿，佐佐木奶奶也替她高兴。

"最近天冷，泡温泉是很舒服的，我去帮你们准备。"

佐佐木奶奶临走，贴心地拉上了门。

这间屋子是上次时遇权和绪天赐住的那间，时遇权熟门熟路的去柜子里取被褥，然后铺了两个被窝。危晓脸不自觉就红了，看来是她自己想多了，还以为睡一间屋会发生什么。想想也真奇怪，明明和他已经是老夫老妻，熟悉他身体每一寸地方，可现在却是这样微妙的处境……

时遇权对她说："你先去泡会儿，我看一会儿电视。"

"嗯。"

可是等她从温泉回来的时候，时遇权已经睡着了。他靠在蒲团上，脑袋耷拉在肩膀上，手上握着遥控器，眼睛紧紧闭着，呼吸均匀而有力。危晓靠在他身边，贪婪地闻着他熟悉又陌生的味道，从未有过的安心与满足……

第二天早上，危晓睁开眼睛，就看见时遇权正手撑着头侧着身子看着她，他不知道什么时候去泡过温泉，现在穿着浴衣，头发微湿，身上带着温泉里累积的温度，热气逼人，一副神清气爽的模样。

"醒了？"

"嗯。"危晓用被子蒙住了自己半张脸，只露出了眼睛，"你为什么这样看着我？"

"为什么不能看？"时遇权故意凑近她，"你在紧张什么？"

"没有啊。"

时遇权看她扭捏的样子，便笑了："你在期待什么？"

"我才没有期待什么！"危晓被人戳穿小心事，恼羞成怒，掀开被子坐起来，"我要换衣服，你出去。"

时遇权从善如流地走了出去，靠在门口发呆傻笑。佐佐木奶奶看见他出来了，便喊道："你们下来吃饭吧。"

吃饭的时候，佐佐木奶奶给他们准备了很多很多食物，一直唠叨让他们多吃点，亲切得像是对待自家孩子。时遇权觉得应该回报这份热情，便主动提出洗碗。

他走了之后，佐佐木奶奶和危晓便聊开了。

"危晓，认识你真好，你会一直留在日本吗？"

"我当然想，只是……"不知道她能不能一直黑下去。

佐佐木奶奶思虑再三，终于将自己的想法说出口："你想不想做我的女儿？"

"做你的女儿？"

佐佐木奶奶早就猜到她在日本的身份不是很阳光，她想帮助这个善良的女孩儿："其实我和我先生在结婚第十年生过一个女儿，只可惜，七岁那年她夭折了，我们为了怀念她，就一直没有注销她的户口，算一算她的年纪，跟你差不多大，如果你愿意的话，我可以把这个身份给你。"

"可是这样不太好吧。"危晓不想鸠占鹊巢，占了佐佐木奶奶去世女儿的身份。

"如果是别人，我肯定不肯，可我跟你投缘，而且你是个好孩子，上次你帮我照顾民宿也照顾得很妥当。"佐佐木奶奶环顾四周，"我也有私心，这里随着时间的流逝一定会越发破败，我希望你能留下来，帮我打理这家民宿。"

佐佐木奶奶已经七十多岁，一人独撑这民宿早已力不从心，自从上次危晓来过之后，便常有电话对她问候，这次又千里迢迢来陪她，她相信危晓是个好姑娘，所以才有了这个想法。

"我知道我这个想法很自私，你考虑考虑，不用着急给我答案。"佐佐木奶奶说完，便往楼上去了，她要趁着天晴晒晒被子。

危晓坐在餐厅，心情很复杂。如果说不心动，那是不可能的，她想长期留在日本，和普通人一样安安稳稳过日子，黑户肯定不是长久之计，可如果她接受佐佐木奶奶给她的身份，她就要留在这里，她倒是无所谓，她很喜欢这里的静谧恬淡，这里也很适合创作漫画，可是时遇权肯不肯呢？他能不能耐住这份寂寞呢？

时遇权上次答应她考虑长期留在日本发展这件事，后来就再没了下文，是不是在敷衍她？

危晓苦着一张小脸，左右为难，她不知道该不该勉强时遇权跟她一起留在这里。

时遇权走过来，发现她眉头紧紧拧在一起，便伸手抚了抚她的眉毛，轻声询问："怎么了？"

"佐佐木奶奶说可以帮我弄正式的日本身份，我在犹豫。"

时遇权十分震惊，他并不觉得有什么必要非得拿到正式的日本身份："你打算再也不回国了吗？"

"嗯，有这个打算。"

"为什么？你妈妈还在国内，你在国内的所有一切你都不要了？"

危晓不知道该怎么解释，她不是不想回去，而是不能回去，她是因为坐飞机来到这里才有了这意外的相遇，才有了和时遇权的第二次缘分，如果再让她坐飞机回国，一切就会归于原点，她将会回到那个清冷的世界，没有时遇权的寒天雪地。

时遇权十分不理解："危晓，你在国内，不是犯了什么事儿吧？想要逃避刑法责任？"

危晓窘："不是，你都想哪儿去了……我妈已经再婚，她又生了一个女儿，她和我继父还有我妹一家三口过得很幸福，她不需要我，我爸才更需要我，所以我才想要在日本长期待下去……算了，这事慢慢再考虑吧。"

"嗯，你要考虑清楚，如果你真的做了佐佐木奶奶的女儿，你的义务和权利是平等的，不要让自己背太重的责任。"

"我明白，我去帮佐佐木奶奶晒被子。"

危晓和时遇权在京都待了三天，返回东京之前，佐佐木奶奶对她说："我跟你提过的事情，如果你不愿意就忘了，我们继续做忘年交，如果你愿意，我随时在这里等着你。"

回到东京，危晓就接到绪天赐的电话。

"危晓，亿欢回国了，我陪她一起回去，你和时遇权回去住吧，虽然你的房间被烧了一面墙，但好在别墅里房间多，你换一间住就好。"

"回国？她不上学了吗？"

"她爸爸已经在国内给她找好声乐老师，她回家可以进步更快。"

"帮我跟她说对不起……还有……好好照顾她。"

"我知道。我们要登机了，再见。"

绪天赐挂了电话，看了看旁边一脸平静的亿欢，她一贯嘴硬心软，嘴上说多恨他们，心里还在担心他们没地方住，授意他喊他们回去住。

但愿远离时遇权之后，韩亿欢能尽快找回从前那些快乐吧，沉默克制的亿欢让他很不习惯，也很心疼。

时遇权听到了电话的内容，便问危晓："你怎么想的？"他怕危晓会觉得回去住亿欢的房子很尴尬，所以打算尊重危晓的决定。

"还是尽快搬家吧，那么大的房子，收拾起来也很累。"危晓已经没有脸面再接受韩亿欢的恩惠。

"好，那我们先回去休息一下，就去找中介。"

回到亿欢家，刚进院子门，危晓就看见自己房间的外窗已经被熏黑，让整个房子看起来美感尽失，心里歉意更深。可是走进房间，却发现被烧焦的黑乎乎的墙边蹲着一个纯白的身影。

危晓惊喜地冲进去，那是好久不见的饺子！它在睡觉，听见动静迷迷茫茫地睁开眼，见是她，便开心地"喵"了一声。

"你怎么在这里？偷溜进来的吧！这么久你都去哪儿了？"

它随着危晓的问话节奏"喵""喵"着，倒像是在一问一答。

时遇权听见动静，走了进来，看见那猫，吓了一跳，往后退了退，扒住了门框。

危晓抱起饺子，面向着他："你说过可以养它的，你不会反悔吧？"

"不……不会……当然不会……"时遇权又往后退了两步，退到了走廊里，"但是你能不能保证定期给它剪指甲？"

"它不会挠你。"危晓觉得战战兢兢的时遇权很可爱，故意想整他，便往他身边走去，"你抱抱它，它很乖的。"

"不！！"

时遇权一声尖叫，然后转身便逃。饺子不屑地"喵"了一声，那眼神倒像是从前的饺子瞧她似的。危晓越来越觉得，这像一个奇妙的轮回。

晚上危晓抱着饺子剪指甲的时候，时遇权缩在沙发的另一个角落问："这货有名字吗？"

"你猜？"

时遇权嫌弃地说："我才不想猜。"

"如果我让你给它取个名字的话，你会叫它什么？"

时遇权脱口而出："我会叫它 jiaozi，因为你给猫剪指甲的样子真的很 jiaozi。"jiaozi 在日语里写成上手，意为擅长做某事，都是第一声。

危晓愣了一愣，这种奇妙的默契让她很开心。见她痴痴地笑，时遇权便问她怎么了。

"你喊它一声。"

"jiaozi？"

时遇权话音刚落，饺子便昂着头朝他看了过去，眼神傲慢又不屑，他不可思议地问："它该不会真就叫 jiaozi 吧？"

"不，它叫饺子。"如果不是因为饺子眼睛很正常，危晓简直要怀疑这是不是时遇权从前那只饺子。

时遇权因为这种莫名的缘分，看向饺子的目光便柔和了许多，也没有那么怕它了，过了两天，便渐渐允许它靠近他身边，虽然还需要保持半米的距离。

他们很快就找到了房子，因为钱不多，所以租在一栋三层高的旧公寓顶楼，一居室，四十二平，又破又旧，只有一面朝西的玻璃落地窗，和危晓刚认识时遇权时他在 A 市的公寓简直没法比，可在危晓心里，这个地板斑驳的老房子是她住过的最好的房子。每到黄昏，她都爱抱着饺子坐在窗边的蒲团上，看着夕阳一点一点降落，总觉得特别踏实。

又过了一段时间，时遇权的大学院考试成绩就出来了，他顺利通过了考试，四月份就要去东大上学了。危晓虽然早就知道他是东大毕业，但在得知消息的那一刻，还是由衷为他感到开心，两人决定去烤肉庆祝。正好那天晚上烤肉店在举办促销活动，比赛喝牛奶，第一名是一款最新的手机。危晓本来用的就是绪天赐的旧手机，自从在北海道山里经历低温之后，回来就经常失灵，时遇权想给她换个手机她却觉得太浪费钱死活不肯，所以换手机已经成为时遇权的心病。他平时就很喜欢喝牛奶，便自告奋勇地报了名。

喝到第十杯的时候，就只剩下时遇权和另外一个日本人，那个日本人是个相扑选手，喝完十杯面不改色，而时遇权已经面有难色，危晓便劝他放弃。

时遇权摇了摇头："坚持就是胜利。"

两人又各自喝了五杯，相扑选手还是表情轻松，危晓便跟时遇权说："不喝了，跟他比胃要撑坏的。"

"不行，不能这么容易放弃。"时遇权忍着要吐的感觉，拉住危晓的手，坚定地说，"和你在一起我就已经把'放弃'从我的字典里踢了出去，所以，我绝对不会放弃。"

危晓的眼眶有些湿润，重重点了点头："我陪你。"

时遇权靠着毅力，跟相扑选手拼到了最后，一共喝了五升牛奶，终于拿了那部手机，回家之后却吐得一塌糊涂，从此以后不要说喝牛奶，只要听见有人提起牛奶，就生理反应直干呕。

危晓拿着新手机，一本正经地对饺子说："这可是你爸拿命换来的，全家上下所有东西你都可以挠，可以摔，就这个，你不许碰，知不知道！"

时遇权趴在地板上，虚弱地说："哪有那么夸张，我这不是好好的吗，你跟只猫讲什么道理。"

"饺子已经是大猫了，当然可以讲道理，又不是小奶猫。"

听到这个"奶"字，时遇权捂住嘴，跌跌撞撞地往卫生间冲去……

危晓虽然知道不应该，但还是忍不住笑得前仰后合。后来她无数次地回忆起那段岁月，总觉得那是她最幸福的时光，那时候，她和时遇权在小小的空间，彼此依靠，都肯为了对方付出一切，滚烫的热忱像是冬日里永不下山的太阳……如果，如果时光能一直停留在那里就好了。

2月3日是立春的前一天，也是日本的传统节日节分，这一天要吃像没有切过的紫菜包饭一样的惠方卷，还要撒豆驱散邪气。日语中豆子和"魔灭"的读音一样，用豆子砸鬼，邪气就能被驱散，祈求一年的无病无灾。他们便也入乡随俗地过了这个节。危晓捏着一把豆子撒落在盘子里，然后数出了二十四粒，让时遇权吃掉，据说吃比自己年龄多一粒的豆子在这一年里可以身体健康，也不会感冒。

时遇权便也给危晓数了三十二粒，危晓很介意自己比时遇权多了八粒，一股脑把那把豆子直接倒进了嘴里，然后嘎嘣嘎嘣咬了起来，忽然"哎哟"一声，捂住了嘴。

"怎么了?"

"牙……牙好痛……"

危晓的牙像是被电锯在锯一般，痛得钻心入骨，时遇权只好赶紧带她去医院。医生检查了她的牙之后说左右两边的智齿有好几颗虫牙，建议她全都拔掉。危晓捂着嘴拼命摇头，她早就听说拔牙很痛，她才不要被医生划开牙龈……时遇权没办法，只好让医生开了止痛药给她。

回家之后，危晓就很郁闷："高露洁这个大骗子！枉我信了它那么多年！说好的目标是没有蛀牙呢！"

时遇权憋着笑："我也从小用高露洁，我就没有蛀牙，所以你还是应该从自己身上找原因。"

"我能有什么原因！"

"比如说贪吃，喜欢吃巧克力……比如说犯懒，睡前吃巧克力还不刷牙……"

"哎呀……好痛……"危晓不想再听自己的糗事，赶紧转移话题，"晚上吃什么啊，我好饿。"

"惠方卷。"

"我咬不动。"

时遇权明知她在胡搅蛮缠，惠方卷就是紫菜包着米饭里面再放点黄瓜蛋条海鲜，怎么可能咬不动，但还是很配合她的演出："行，我去给你煮粥。"

危晓于是蜷缩在暖炉里，很幸福地看着时遇权围上围裙，给她做她最爱吃的菠菜鱼片粥。饺子慢慢走了过来，也钻进了暖炉里。

等时遇权把鱼片粥端到桌上，闻见腥味的饺子便从暖炉里钻了出来，时遇权指着饺子惊讶地说："它怎么了？"

"什么怎么了？"危晓把目光转向饺子，顿时吓了一跳，"它的眼睛怎么变颜色了！"准确地说，是一只眼睛变颜色了！一只变成了绿色，另外一只还是蓝色！没想到她捡到的饺子也是一只异瞳猫。

危晓忽然意识到不对，这只饺子根本就是时遇权的那只饺子！所以它才会那么巧叫饺子，也才会那么巧是白色的异瞳，才会在与她重逢之后十分活泼地想要跟她玩耍！

时遇权有些恐惧地看着饺子："它……它这样正常吗?"他甚至去抓了一把豆子，想要砸到饺子身上。

饺子不知道为什么这两个铲屎官突然看它的眼神跟见了鬼一样，好奇地盯着他们，这直勾勾的眼神吓得时遇权手中的豆子毫不犹豫飞了出去。

饺子惊悚得"嗷呜"一声，迅速窜了出去，逃到了房间某个角落躲了起来。

危晓安慰时遇权："不必担心，它只是异瞳，不是妖怪。"

"异瞳?"时遇权打开电脑去搜索，念出百度来的科学解释，"异瞳猫是因为视网膜色素造成的，一般所有的猫咪生下来眼睛都是蓝色，随后慢慢开始变色，但是有些猫因为一只眼睛肿缺少色素，所以就会退化不完全，最终形成了异瞳猫。"

"改天我们带它去宠物医院看看吧。"

"好。"时遇权看网上都说这种情况很正常之后，惊慌消失了大半，反而觉得饺子像是先天不足的小朋友，内心充满着怜悯。

危晓却惊慌万分。她原本以为时遇权的青春没有她，她的出现只是一个偶然，可是饺子的出现却让她明明白白知道，如果不是她改变了时遇权的某些轨迹，就是她出现的这段历史本来就是时遇权的人生轨迹，可这怎么可能！他却从来没有跟她说过任何关于她穿越过来的事!

　　思来想去，倒还是像前一种情况，时遇权的人生轨迹可能已经因为她发生了改变，而她还在试图改变他接下来的人生，试图让他留在日本，不要回去，这样做的结果会是什么?会不会给时遇权带来很大的伤害?她不敢想……

　　她有些恐惧，脑子里面很乱，牙痛加上头痛，使她只想睡觉。

　　睡着之后，她做了一个梦，她又梦见了那场滂沱大雨，那场夺走时遇权的滂沱大雨，只不过这次，时遇权没有砸开她的车窗玻璃，而是对她露出一个很诡异的笑容，然后转身游走，越游越远，直至消失不见，而她窒息的感觉也越来越强烈。

　　她终于大叫一声，从噩梦中惊醒。已经是凌晨三点，熟睡的时遇权从她旁边坐起来，揉着眼睛问:"怎么了?"

　　危晓转过身便抱住了他，号啕大哭，哭得地板都在颤抖，她好害怕，好害怕再一次失去时遇权……

　　她哭了很久很久，直到将心中所有的恐惧全都发泄出来，然后筋疲力尽地睡着了。

　　第二天早上醒来，被她折腾了一晚的时遇权还在沉沉睡着，她默默地看着他，忽然内心平静下来——就算她可以克制住自己狠心离开他，不去改变他的人生轨迹，那又怎么样?他终将走到三十二岁，他终将面临那一场大雨……曾经时遇权一遍又一遍地教导她，要珍惜当下，要把每天都当作最后一天来充实地过，不要给人生留遗憾……她怎么又恐慌那些还没有到来的未来呢?她本来的目标不就是将时遇权留在日本，避开那场意外，和自己一起幸福快乐地生活下去吗?

想通之后，危晓长长地叹了一口气，然后往时遇权怀里靠了靠，他的心脏扑通扑通地跳着，沉稳而有力，她便安下心来，也默默发誓，既然老天给了她人生重来的机会，她就一定要让时遇权更幸福。

立春之后，天气便慢慢暖和了起来，时遇权说再过一个多月樱花就要开了，他说这话的时候眼神意味深长，危晓假装不懂他的意思，总是岔开话题，假装不记得很久之前当他问她几时回国的时候，她曾经敷衍他说看完一场樱花就回去。

时遇权每天除了学习就是画漫画，也已经投稿了好几家漫画杂志，虽然都被退稿，但丝毫没有打击他的积极性，每次都是热情满满地重新修改，精益求精。危晓好几次凑过去，想要看看他在画什么，他都用力地躲开了。

危晓有些不高兴："为什么不能给我看?"

"什么时候真的能开始连载了，我就给你看。"时遇权认真地说，"我想给你看最完美的那一稿。"

"那好吧。我觉得离那一天也不远了。"

"你怎么对我这么有信心?"

"因为我喜欢你啊!"

因为喜欢，所以他在她的心里永远都是最好的，所以她甘心为他付出所有一切，所以她此刻在他身边甜甜笑着，满眼里都是期待的星光。时遇权忍不住凑过去吻了她……

日子这样平静地过着，虽然很美好，但也有苦恼，苦恼便是钱。危晓自从摔瘸腿之后就再也没有打工，他们俩存的钱也快要见底，于是她天天琢磨着要去哪儿再打黑工。时遇权坚决不同意，他不想让她再受苦受累。

"总之钱的事我会想办法的。"

危晓握着他的手:"我们是要永远在一起的,总不能让你一个人想办法。我向你保证,绝对不会再去干那些危险的活,我想重操旧业,去当保姆。"

"如果你真的想重操旧业,我觉得你继续做建筑设计师才是正途。"

危晓的手松了下来:"你又想赶我回国?"

"危晓,我真的不愿意你为了我浪费自己的专业。樱花下个月就要开了,你想去哪儿看我都陪你,哪怕你让我陪你追从南到北的樱花狩,我都愿意,只要你答应我,过了樱花季就尽快回国。"

危晓一点儿都不想继续这个话题:"我要去做饭了。"

"不要再逃避了。从前你说你不想回去是因为那是个伤心地,后来你又说你不想回去是因为你爸爸,可现在,你既找到了爸爸,你又有了我,你为什么就是不能回去呢?"时遇权突然有了个很可怕的猜想,"难道是因为在你心里,始终爱着他,而我只是一个影子?所以你还是害怕回去,因为回去的那个世界很真实,你就不可以继续对着我做梦了?"

"不是这样的,我爱的始终只有你一个。"

这个答案却让时遇权眼神黯淡下来,她爱的始终只有一个,所以也就只有她老公一个吧,而他不过是因为长得很像那个人,所以有幸得到她的青睐,时遇权觉得憋屈、窝火、愤怒,他压抑着脾气问:"如果没有他,你还会喜欢我吗?"

危晓千言万语在喉间碰撞,他就是他,她爱的从来始终只有他，她拼尽辛苦放弃人生想要抓住的也只有他，可是她到底要怎么说，才能让他明白呢？

沉默时间越长，时遇权的心便越冷。他以为自己猜对了，他的自信刹那之间烟消云散，他们相濡以沫的这些日子变得像个笑话。

他早知道的，不是吗？所以才试图克制自己，不让这段已经萌芽的感情破土而出。他拼尽了全力，想要摆脱成为别人的影子，他以为自己可以做到，可她却那么强烈那么汹涌，她的不顾一切让他迷失了自己。

说到底，她所做的一切不过是给自己圆一个梦吧。她早就说过，他就是他，因为她在欺骗自己，她换个地方，便可以不去想她先生去世的那些苦痛，她把他当成他，就可以在这里重筑一个家园。

是他昏了头，见她为他吃苦蒙难，感动充斥了心脏，便不管不顾地与她成双，他甚至自负地以为自己可以超越那个男人。是他太蠢，她既然宁愿选择当黑户都不回国继续自己的事业，就说明她对那个男人的感情有多深，他还自不量力地跌了进来，像个小丑一样，用一片真心，换她对那个男人的移情。

时遇权心痛如绞，他艰难地开口："我觉得我们应该冷静一下。"

"时遇权，我真的真的真的只喜欢你一个。无论过去、现在，还是将来。"

"我知道，你喜欢的从始至终只有一个。"时遇权苦笑，"我何其荣幸，能长着一张和他相似的脸。我真的很想知道，我和他到底有多像，能不能让我看看照片？"

危晓摇了摇头。

"危晓，我真的很喜欢你，你知道吗？"时遇权眼神幽暗，低低的声音带着自嘲，"喜欢你之后，大家都说我变得开朗了，比从前爱笑了，因为你的名字，危晓，微笑，每当我想你一次，就会不由自主笑出来。我也不知道为什么我会这样喜欢你，我不介意暂时做他的影子，可，如果此生此世你不可能爱上真正的我，我真的会发疯。"

"我也很喜欢你。你不是他的影子，我喜欢的就是你，那个明明怕猫却为了我肯去亲近饺子的你，那个为了我重新开始画漫画的你，那个总是嘴硬说讨厌我却默默关心我的你，那个我一撒娇就会给我做粥做虾丸做甜汤的你……"

时遇权的脸色本来逐渐晴朗，可又忽然沉了下来："危晓，你终究还是没办法骗你自己呢。"他看向她的眼神变得异常冷，"我，从来没有给你做过甜汤。"

危晓急切地想要解释，时遇权摆了摆手："我需要静一静，我需要好好想一想，我能不能承受永远被自己喜欢的女人当作另外一个男人。这几天我先搬回亿欢那边住。"他害怕继续跟危晓在一起又会被她迷惑，丧失理智。

危晓没有办法，只好眼睁睁看着时遇权收拾了简单的行李离开，他走之后，她突然发现原本已经不痛的智齿又开始隐隐作痛。

饺子慢悠悠地走过来，蹭了蹭她的脚，又走开了。

危晓捂着嘴，欲哭无泪。怎么事情就变成这个样子了？为什么她的人生会这样扭曲？她全心全意爱着同一个人，却在两个不同的时空，就因为这样，他就怀疑她对他的感情不如另外一个他深。她却无法跟他解释，他嫉妒的那个亡夫其实就是未来的他。

到了晚上，牙痛得更加厉害，她找到上次没吃完的止痛药，吞下去之后却没有任何缓解，她想，大概是牙齿知道她的心更痛，所以想帮她的心分担一点吧。

痛了一晚上之后，她给时遇权发了短信，说自己牙好痛好痛，想去拔牙，求时遇权陪她。

她想，这个时候，大约只有这种跟身体相关的请求，时遇权才不会拒绝她吧。

果不其然，时遇权很快就回了简短的短信，让她约好牙医之后通知他。

第二天，危晓便去拔牙，时遇权看见她，便说："等会拔完牙，我还有课，就不送你回去了。"

"你要一直对我这么冷淡吗？"

时遇权目视前方，神色淡定，仿佛回到刚刚认识的时候："你知道的，现在我没有办法再像从前那样对你。"他害怕，害怕投入越多，越可悲。

危晓试图解释："我可以发誓，我对你的喜欢是真的，我真的从来没有把你当作任何人的影子。"

"我知道。"只是他过不了心里那道坎，时遇权指了指牙科诊所的门，"进去吧，时间快到了。"

危晓躺下来，牙医便给她打麻醉，她因为害怕，抓紧了坐在她身旁的时遇权的手，可他的手是那样冰，冰得让她绝望。

医生给她拔了最严重的两颗，把另外不严重的几颗被蛀的部分磨去，用特殊材料填充，然后又教了她规范的刷牙方式，叮嘱她一定要好好刷牙。她一一答应下来，却心不在焉。

结束的时候，医生惊叹："你是第一个拔牙拔得这么平静的人，虽然打了麻药不痛，但你表现得也太镇定了。"

危晓苦笑，她脑袋里装着别的事，心里装着别的痛，拔牙这种小痛对于她也就不值一提了。

从诊所出来，时遇权便说："这几天你注意饮食，虽然医生没说需要忌口，但你最好还是小心点。"

见他一副马上要走的姿态，危晓捂着还麻木的腮，嗡嗡的声音说："是不是只有我回国，你才会相信我？"

时遇权没有说话，静静地看着前方的路，他这几天心里一直很乱："我不知道。也许，我不是不相信你，而是不相信我自己。等我想好了，我会跟你联系的。"

危晓拼命忍住眼泪，挤出一个笑容："你这么说，我会以为你在考虑跟我分手。"

"不要胡思乱想。我先走了。"

时遇权走后，危晓的眼泪就掉了下来，他没有否认，那便是她猜对了。时遇权是那么那么骄傲的一个人，她知道他肯定不愿意做别人的替身，一辈子活在别人的阴影里，可是，可是……

为什么幸福会这么短暂，她刚刚觉得生活有一点儿甜，就被拔去了两颗牙。

过了两个星期，时遇权还是没有和她联系。危晓每天在家抱猫取暖，安慰自己，没有消息就是好消息，他既然会犹豫这么久，说明在他心里她还是很重要的，所以不要慌，时遇权一定不会跟她分手。

时遇权这两个星期过得索然无味，每天麻木地打工、学习，然后突然有一天，就发现回家的路上有棵樱花树冒出了一朵花骨朵儿。他出神地看了很久。回到家里，就越发六神无主。

忽然家里的座机响了起来，他接起来，电话那头传来韩亿欢的声音。

"喂……"带着试探，韩亿欢的声音很轻。

"亿欢，最近还好吗？"

韩亿欢像是松了一口气："还不错，我已经跟我爸朋友的唱片公司签了约，可能很快就要去韩国做练习生，然后出唱片。"

"那很不错啊，恭喜你，终于可以实现自己的梦想。"

"谢谢你，及早斩断了我对你的期待，我回国之后想了很多，觉得自己之前真是太傻了……"她的笑声听起来很轻松，"自从决定放弃你，我的世界突然一下子广阔了许多。"

时遇权配合地笑了笑："现在是不是发现自己以前眼光太差了？"

"有点儿。"韩亿欢忽然换了严肃的语气，"阿权，我待会还要去上课，我长话短说。危晓在你身边吗？"

"不在，怎么了？"

"她可能是个骗子，我托人查了户籍资料，全国二十四个叫危晓的，年龄相仿的只有一个，可是那个人并没有结婚，她根本就没有情深不寿已经去世的老公，你不要被她骗了。"韩亿欢有个高中同学现在在公安局工作，但他因为职责所以能给她的讯息不多。

"你说什么？"

"我说你不要被她骗了。"

"前面一句。"

"她没有结过婚，没有老公。"

"谢谢你，亿欢。"

"不客气，我跟你说这件事不是想抹黑危晓，我只是觉得你应该知道，而且我朋友说她还有诈骗前科，可能她是因为这件事躲在日本不肯回来。"

韩亿欢还没说完，时遇权便匆匆挂了电话。他突然觉得身心轻松。危晓没有结过婚，她没有去世的老公，那么也就是说，她不可能是因为那个永远触摸不到的人才喜欢上他。他并不是任何人的影子。所以她才会说，她从始至终只喜欢一个人。但是她不想让他知道她是个骗子，所以无法解释那个他嫉妒的男人不存在……怪不得每次追问她的时候她总会欲言又止。

时遇权没有发现自己简直是疯了，完全忽视了危晓可能是诈骗犯，满心满身都是欢喜，他根本不在乎她以前做些什么，他遇见的她真诚、善良、有担当，他现在只想见她。

在回他和危晓家的路上，时遇权把所有的事情全都想通了——怪不得她想要拿日本的正式身份，怪不得她不想回国，怪不得她试图劝说他跟她一起留在日本。

冲到楼上，摁响门铃，门一打开，时遇权便俯身向前，将危晓裹入了怀里，他深深地拥抱她。

危晓吓了一跳，这些日子他的冷淡与现在的热情截然不同，骤然蒙了。

时遇权温热的呼吸喷发在她耳边，急促而又愉悦，他说："危晓，我们去京都吧。"

"去京都做什么？"

"找佐佐木奶奶，让她给你办户籍。"

"突然之间你这是怎么了？"危晓在他怀里挣了挣，有些不自在地说，"先进来吧。"

时遇权推着她走进了房间，然后说："不管以前你在国内做过什么，我都不在乎，留下来吧，我陪你一起在日本共度余生。"

危晓被他说得云里雾里，越发迷惑："我在国内做了什么？"

时遇权摇了摇头："不要纠结这件事，我们过几天去京都，顺便去看看关西的樱花。"

危晓沉默，她不明白时遇权为什么突然转变，又语焉不详地说她在国内的事。按照真实的她所在的年纪，今年她应该在上大三，她能在国内做什么？听时遇权这意思，倒像是她做了什么坏事，她忽然想起时遇权曾经问过她，留在日本是不是为了逃避法律责任……

原来他真是彻底误解了，恐怕是国内有一个跟她同名，比她大八岁的犯过罪的危晓，他便以为她是那个人。

她苦笑着说："时遇权，我真的从来没有做过坏事，我黑在日本也不是为了逃避法律责任。"

"没关系。每个人都会犯错，你以前做过错事，你不想再活在过去，找个地方重新开始，我可以理解你，只要你不再犯错，我不会戴有色眼镜看你。"

危晓知道，她刚认识他的时候说了太多在他听起来很荒唐的话，在他听来那全是谎话，导致在他心里，她的来路一直不明。

"时遇权，如果我真的犯过罪，你还会爱我？"

"过去的事情就让它翻篇，我认识的你是个善良正直的人，我爱的你是个温暖勇敢的人。"

如果时遇权真的把她错认成了别的危晓，自然也以为她没有所谓亡夫，就会以为那些情深不寿全都是她为了留在日本编造的动人借口，以此博取别人的同情心。他现在这么高兴，就是因为这个吧。他一直在意自己是什么人的影子，如今，突然发现这个人根本不存在，他站的才是太阳正底下。

危晓突然不想再辩解，又有些感动，时遇权竟然会爱一个有前科的自己，说明他对她的感情比她想象的要深。就让他这样误解吧，反正，只要能和他在一起，能和他一起幸福度过余生就好。

见危晓低头不说话，时遇权又说："其实来找你之前，我想过很多很多，我不是一时冲动，觉得自己可以接受一个有过去的人，我经过了深思熟虑，在我眼里，你总是时时为他人考虑，你不是自私的人，所以我不相信你会是一个坏人，我也见过你爸爸，我不相信你有恶意伤人的基因，所以，我才敢跟你走下去。"

"在你心里，我真的这么好吗？"

"当然。"

危晓忽然就笑了，她决定不再纠结，他把她的历史当成哪种样子又有什么关系呢？她要的是现在和未来。

"好，我们抽个时间去京都。"

"再过一段时间我要开学了，我们尽快去吧。"

时遇权像是害怕迟则有变，很快就买了票，打算和危晓一起去京都。

没想到，在去京都的车上，他们居然遇到了顾深深。

顾深深手里捏着两张票，身边空着一个座位，神色黯然，看见他们两个很意外："你们不是刚在新年的时候去过京都吗？"

危晓笑了笑："想去看樱花。"

顾深深把车票往手心里捏了捏，苦笑着说："确实是看樱花的季节啊。"可惜她等的那个人，却一直没有给她回应。她突然觉得孤单，于是对危晓说，"你坐这儿吧。"

危晓跟她之间交情泛泛，从前见她都是一副精致到无懈可击的面孔，如今看她颓然，便有些不忍，依言坐了下来，时遇权便继续往前走，找他的位子去了。

窗外是疾驰而过的景色，看不真切，顾深深忽然问："危晓，你能告诉我你是怎么熬过时遇权不喜欢你的那段时光的吗？"

她主动追时遇权本就不是秘密，危晓很坦然地说："我不知道，我只知道我停不下来，我想靠近他，想和他在一起，所以就这样莫名其妙地坚持了下来。"

"你真有勇气。"

"你也可以。"危晓真诚地说，"在我眼里，你比我勇敢得多。"

顾深深的心防被打开："这次是我被拒绝的第三回。"

"那又怎么了？只要你们都还活着，未来就有无限可能，不是吗？"危晓之所以能坚持下来，就是因为能每天看到活生生的时遇权，经历了生死之后，所谓自尊在爱情面前早已不值一提。

顾深深深深叹气："算了吧，我想我和他的无限可能就是没可能。"

"深深，有时候不去试试你根本不会知道结果，如果你真的爱他，就去找他。"

"我害怕……"

"最坏不过再被拒绝一次，但，你会彻底放下这个人，那便也是值得。"

顾深深看着危晓，她的眼神中充满着鼓励，顾深深想起她为时遇权做过的一切一切，忽然觉得自己从未真真切切努力付出过，那她又有什么资格在这里自怨自艾呢？她忽然想通了，整个人豁然开朗，连笑容都重新明媚了起来。

"好，我听你的，下一站我就下车，我要回国去找他。"

危晓欣慰地笑了，虽然她不知道顾深深到底爱着什么人，那个人又为什么拒绝了她，但是她希望顾深深能早点得个结果，不要再为了这个男人作茧自缚。

顾深深下车之后，危晓回到了自己的座位，时遇权正在睡觉，听见动静，睁开了眼睛。

"顾深深呢？"

"下车了。"

"啊？"

危晓挽住时遇权的胳膊，把头靠在他的肩膀："真希望所有人都能和我们一样，曲曲折折之后都能拥有美好的结局。"

"我们俩这就算曲折了？"时遇权笑着打趣，"你怕是没看过《梁祝》和《罗密欧与朱丽叶》。"

危晓笑笑，没有说话。她希望时遇权永远都不会知道，他们之间的故事比起《梁祝》更加曲折婉转。

到了京都，他们便直接去了岚山民宿。

佐佐木奶奶见到他们，十分开心："我以为我不会等到这一天，危晓，真的很感谢你。"她感谢危晓，给了她余生希望。

"是我应该谢谢您，谢谢您信任我。"危晓握住佐佐木奶奶的手，"从此以后，就请您多多关照了。"

"好好好。我们互相关照。"佐佐木奶奶扭过脸，偷偷抹去激动的泪水，然后温柔地笑道，"最近民宿客人比较多，有点忙，你等几天，我带你去办手续。"

"我留下来帮您。"

"不用，都是惯常的工作，我一个人可以。"佐佐木奶奶慈爱地看着她和时遇权，"关西的樱花开得比关东要早，你们可以四处走走。"

时遇权正有这个打算，便说："那好，我们过几天再来打扰您。"

就近逛完岚山之后，时遇权问危晓想去哪里，危晓说："我没有什么特别想去的地方，你来定吧。"

"那我们去奈良吧，我们去看鹿。"他很喜欢《火影忍者》里的鹿丸，所以对奈良神往已久。

"不，我不去。我害怕鹿。"

"奈良的鹿很温顺，不过既然你不想，那就算了，我们去大阪。"

危晓点了点头。她没有告诉时遇权，他们结婚之后，曾经去过一趟承德避暑山庄，那是她公司初具规模之后的第一次团建，选在了9月，秋高气爽的时候。

那时候她的公司一共才五个人，团建经费有限，时遇权便租了一台商务车充当司机。避暑山庄里的鹿因为见惯了人，所以都很凶，她便远远站在草地边，不敢靠近。时遇权去帮他们买水，回来的时候，有只被游客惊到的鹿，追着游客四处跑，结果那个肇事的游客从危晓面前转了个弯跑掉了，那头发了狂的鹿却没有转弯，直直地往危晓身上撞了过去。危晓当时正在看手机，根本没有料到危险突然降临，就在千钧一发之际，时遇权挡在了她的身前。她看到他的表情骤然痛苦，可见她惊恐担忧，嘴上依旧轻描淡写："没事。"

时遇权被鹿顶了腰，留下了一块烙印一样的伤痕，每每阴天下雨，都会隐隐作痛。她刚结婚那几年，还记得下雨的时候帮他贴片止痛膏药，到后来，吵架次数多了，她就彻底把这事忘了。现在回想起来，她生日那天下着那么大的雨，时遇权一定是忍着腰上的痛与她会面，然后又去涉水救她……

她的视线渐渐模糊，突然拉紧了时遇权的手，哽咽着说："这辈子我们都不要去看鹿了，好不好？"

"怎么了？你被鹿撞过吗？"

危晓不说话，只是哭，时遇权便以为自己猜对了，安慰她说："别哭了，我答应你，我向你保证，我们以后离鹿远远的……"

后来他们去了大阪，正是樱花季，到处都是人山人海，时遇权和危晓也入乡随俗地买了野餐垫和饭团，坐在树下赏花。日本的樱花有很多品种，有寒樱、河津樱、染井吉野樱、寒绯樱等，其中最常见的是染井吉野樱，也是各路游记配图当中见到最多的那种樱花，花型为粉红色花瓣五片，花色在花朵刚绽放时是淡色，而在完全绽放时会逐渐转白，丽而不媚，繁茂如云。

很多人在樱花树下拍照，时遇权忽然想起来，他和危晓还从来没拍过合照，于是便趁着午饭时间去电器城买了一个相机，下午便拍了很多很多。

晚上回到酒店，危晓翻着那些照片，不住地嘴角上扬："你拍照技术下降了不少嘛。"

"下降？"时遇权微微讶异。

"我是说跟你的画画技术比。"

"真的吗？不过我确实没有研究过摄影。"时遇权把弄着相机，"晚上我来好好研究一下。"

时遇权和危晓在大阪玩了两天，又就近去了名古屋，相机的存储卡很快就满了。

他们回岚山之前买了一张新卡，可是到民宿之后，却找不到那张旧卡了。

时遇权很沮丧，那里面有几千张照片，都是他们这几天拍的，就这么丢了，他很不甘心。

危晓也很郁闷，喃喃自语："要是有 iCloud 就好了，数据就不会丢失了。"

"什么 iCloud？"

这个时间 iCloud 还没有面世，危晓不想多说，便摇了摇头："没什么。"

吃晚饭的时候，佐佐木奶奶问他们："町里明天有文化祭，需要一对恋人来扮演夫妻，向游客展示日本的结婚民俗神前式，你们有兴趣吗？"

"有。"时遇权因为存储卡丢失的阴霾心情一扫而光，急切地说，"您带我们去报名吧。"

佐佐木奶奶笑着说："不用这么着急，我打个电话就可以了。"

危晓装作气鼓鼓的样子说："你都没问我愿不愿意！"

时遇权拉住她的手："就当是演习，好不好？等我毕业才能给你一个真正的婚礼，可我有些等不及了。"不知道为什么，最近几天他总有一种不安，这种不安迫使他想尽一切办法要把自己和危晓牢牢捆绑，连这种形式主义的婚礼他都不想放过。

"好。"

危晓很想说，其实他早就给过她一个婚礼，让她终生难忘的婚礼。

他们结婚的那年，危晓的事业刚刚起步，所以便说一切从简，只在领证当天请了家里的亲戚一起吃了顿饭。到了晚上，躺在床上，时遇权却说："其实关于我们的婚礼，从我认识你开始，我已经做了无数的策划，我幻想过很多很多方案，比如说雪山婚礼，比如说海上婚礼……"

危晓心里有些愧疚，时遇权总是在默默为她妥协："对不起……我以为只有女生才会对婚礼有期待，我以为你会喜欢这种简单的婚礼。"

"不要说对不起，其实并不是我喜欢，而是我希望能让你有一个刻骨铭心的婚礼。但我又觉得浪费那么多创意实在可惜，所以我把它们做成了这个。"时遇权把灯关掉，天花板上出现了一幅画面，是卡通形象的他们两个。

危晓穿着纯白的婚纱，时遇权穿着黑色燕尾服，站在雪山之上的热气球里，苍茫的山谷飘满了五彩缤纷的热气球，与白雪皑皑形成了鲜明的对比，绚烂至极。

她当时不明白为什么会是雪山，去过北海道之后她才明白过来，雪国是他们感情开始的地方。

时遇权说："这部动画短片，我给它取名叫《也许将来》。"

"它有多少集？"

"你想要多少集就有多少集，只要我们在一起，就会永不完结。"

时遇权说到做到，他努力地制作这些动画，刚开始危晓还饶有兴趣，只是后来，她越来越忙，时遇权再找她看他更新的动画片她总是不耐烦，久而久之，时遇权也丧失了制作的动力，这个动画片算是烂尾了。

此生此世，能得到双份的时遇权，她真的太幸福了，幸福得让她害怕，就好像这是偷来的快乐，并不属于她，随时都会被收回去一样。所以她越发地黏时遇权，时时刻刻都要跟他在一起。

第二天早上，佐佐木奶奶便带着他们去了神社，到了文化祭的后台，分别被带去换衣服，很快时遇权便穿着一身黑色的羽织出来了，危晓则穿着白无垢。日本传统的婚礼服装和西方礼服色系相同，但白无垢的感觉却更肃穆庄严，比婚纱显得更加圣洁。

时遇权一瞬间感触万千，便想要把危晓这副样子画下来，深深刻进脑海里。可是时间不允许，所以便打算先拍照，手机却响了，危晓便说："等会我戴上角隐出来我们再拍。"角隐是日本花嫁妆头部白白的像帽子一样的东西，有点类似于婚纱的头纱。

危晓进了更衣室之后，时遇权便接通了电话，电话那头是顾深深。

"时遇权，你现在在哪儿？危晓在你身边吗？"

"岚山，她在啊，怎么了？"

"我在 A 城大学，我看见有个女孩儿长得和危晓一模一样，我想大概是我看错了。"

顾深深挂了电话，再朝着图书馆那边看去，那个长得像危晓的女孩儿已经不见了，她摇了摇头，嘲笑自己荒唐，人有相似而已，她怎么还大惊小怪打电话去确认呢。

A 城春寒料峭，她紧了紧大衣，穿过 A 大朝着那家出版社走去。

时遇权挂了电话，等了很久，危晓也没有从更衣室出来，打她电话也没有人接，他便拜托一个女工作人员进去看看，结果工作人员告诉他，更衣室里并没有人。

他恍惚了一下，马上跑回民宿，可佐佐木奶奶却说危晓并没有回来。

他给所有认识危晓的人打电话，没有人见过她。

危晓，不见了。

像从前从天而降一样，忽然又凭空消失，彻彻底底消失了。

时遇权拿着电话，颓然地坐在民宿的露台上，心像是被人挖空，四面穿风，冷彻心扉。

……

危晓拉开更衣室的门，对面却出现了一排排的书架，她困惑极了，再回头看，还是一排排的书架。

更衣室呢？这里是哪儿？她怎么突然到了这儿？

旁边有人窃窃私语："这女人怎么穿成这样？是孝服吗？"

"别没见识了，这是日本的白无垢，结婚的时候才穿的。"

"到图书馆来穿成这样干什么?"

图书馆?! 危晓突然想起来,怪不得这里看着这么熟悉,这是A城大学也就是她母校的图书馆!

她连忙随便抓了一个同学问:"今年是哪一年?"

那同学被她疯狂的眼神吓了一跳,哆哆嗦嗦地回答:"2016啊。"

"真的?"

"当然是真的啊!"那个同学举着手机给她看。

危晓眼前一黑,她又回来了? 回到了已经没有时遇权的2016? 不不不,她不要留在这里,她要回去!

第十五章

也许将来（大结局）

危晓从图书馆跑了出来，疯了一样朝前跑去，不知道跑了多久，忽然腹间一疼，疼痛让她跪倒在地，然后晕了过去。

迷迷糊糊的时候，听见身边有很多很多声音。

"医生，我女儿怎么样了？"是妈妈的声音。

"没什么大碍，长期营养不良，体力不支，所以才会晕倒。"

"妈，姐姐不会有事的，你别哭了。"是妹妹的声音。

"都怪我不好，我不知道她会突然跑出去，我要是知道，我就应该反锁好门……"

"姐姐又不是小孩儿，你反锁门能锁得住她一时，又不能锁住她一世，她现在这样是咎由自取，你为了照顾她连我的开学典礼都没去，已经做得够多……"

"啪！"

很清脆的一记耳光声，危晓拼命想睁开眼睛，可是睁不开。

接着听见妈妈痛入心扉的声音："她是你姐姐，也是妈妈心疼宝贝的孩子，你怎么可以这样说她！你的开学典礼有你姐姐重要吗？"

周围安静了下来。危晓却很意外，从前她总是觉得妈妈只爱妹妹不爱她，可现在妈妈竟然为了她打了妹妹。她很惭愧，她现在才发现，原来从前她误解的不止有爸爸、时遇权，还有妈妈。

忽然她的手被握住了，然后是妈妈带着哭腔的喃喃自语："晓，妈妈对不起你，妈妈没想到一时气话跟你爸爸说离婚，竟然会害得他出了意外，我想给你完整的家庭，选择了再婚，却没有考虑你到底需不需要，我一次一次想要跟你谈谈，你一次一次关上你的房门，后来我就觉得好像我说什么都是多余的……可这并不代表妈妈不爱你，妈妈不想看你这个样子，时遇权虽然不在了，但你还年轻，你的人生还要继续，你还有我，以后你千万不能再做傻事……"

危晓的泪水从眼中滑落，掉在了枕头上。她开口，声音晦涩微弱："妈妈……"

危妈妈惊喜地上前察看："你醒了？想吃什么？妈妈去给你买。"

她睁开眼，看见了一脸关切连眼泪都没来得及拭去的妈妈，突然号啕大哭，哭得撕心裂肺。她是真的回来了，这家医院就是当时时遇权去世的医院。

"我为什么又回来了！为什么！"

危妈妈看她突然激动起来，连忙安抚她："你想去哪儿？昨天你趁妈妈不在家，突然跑了出去，妈妈找了好久才找到你，你晕倒在你大学图书馆，你不记得了？"

昨天？她去日本这么久，居然 2016 才过去了一天？难道一切都只是她在做梦？其实什么都没有发生？

危晓眼神发愣，危妈妈伸手探了探她的额头："有点烫，是不是发烧了？我去找医生。"说完她便跑了出去。

医生给危晓做了全面体检，然后说："危小姐，你不能再这样折腾自己了，就算你受得了，你肚子里的孩子也受不了。"

"孩子？"屋里所有人一齐看向医生。

"已经三个月了，你们也太粗心了。"

危晓终于确定，一切不是梦幻，她是真的回到了十年前，否则这个孩子从何而来？她和时遇权已经分居半年，她绝不可能在这个时候怀孕。

可分居这事只有他们俩知道，所以危妈妈便理所当然以为这孩子是时遇权的，试探着问："晓，这个孩子你打算要吗？"

"当然要！"危晓突然送回现实的悲痛心情被扫去大半，就在她以为此生终究晦暗无光的时候，老天又给她送了一份厚礼，她把手放到自己的肚子上，脸上露出了微微笑容。

危妈妈松了一口气："既然决定要，就要听医生的话，好好对自己，知道了吗？"

"知道了！妈妈，我们回家吧，我想喝您熬的排骨汤。"

这还是时遇权出事以来危晓第一次主动要求吃东西，这下连危妈妈都觉得这孩子简直就像是天使，来得太及时。

危晓把公司交给了副总，专心在家养胎。很快就到了春节。大年三十的清晨，她准备了一堆礼物，独自开车去了时遇权家里，他今年刚去世，公公婆婆肯定没有心情过这个年，虽然他们不是很喜欢她，但他们肯定不会不欢迎这个孩子，她打算去告诉他们有孙子的好消息，也好让他们有一些慰藉。

走到熟悉的门口，摁响门铃，却一直没有人来开门。她站在门口等了半个小时，实在是站不动了，便打算留张便条回车里再等，正在写字条的时候，忽然听见电梯叮咚一声。

她回头一看，却是呆若木鸡。

婆婆走在前面，拿着钥匙，而公公则在后面，推着一个轮椅，轮椅上坐着的……是时遇权！

他们三个人没料到她竟然会在这里，统统愣住了。还是婆婆先开口："危晓，你怀孕了？"

问完她便觉得这话多余，看这肚子，大约有七八个月了。又说："进来坐吧，你都这个月份了，现在不能久站。"

时遇权一直盯着危晓的肚子，表情很复杂，他在出事之前就已经和她分居半年，那这个孩子……

危晓便跟着他们走了进去，时遇权便说："爸，妈，我想单独跟危晓聊聊。"

公公婆婆便识趣地拿了钥匙出门。

危晓刚要张口，时遇权就说："我知道你想问我为什么要骗你，其实我并没有骗你，我行将就木，只是提前把这个消息告诉了你。"

"你……怎么了？"

"白血病。暴雨那天，我被救之后查出来的。我想起当时你跟我憧憬的种种未来，不想让你伤心，所以干脆就跟你说我已经死了。至少那样，你就不会有了希望之后又绝望，也不用陪着我走这段煎熬的向死之路。"

"你们所有人联合起来骗了我?"

"嗯,我爸帮忙撒了谎,装作很讨厌你,给你送去了离婚协议,不让你插手我的后事,我的朋友你认识的没几个,也都提前打好了招呼。"

"时遇权!"危晓从沙发上愤怒站起,突然觉得头晕目眩,肚子很痛,又往下跌坐了下去。

时遇权一直看向别处,避免和危晓眼神接触,所以并没有看到这一幕:"这个孩子……你已经找到你的幸福了吧,那我也就安心了。"

危晓忍着痛说:"你骗我,你从认识我开始就骗我,你根本就知道我跟你之间有什么样的渊源,你却不动声色,把我当个傻子一样成天哄着骗着。"

时遇权察觉到她话里有话:"你……该不会……"

"是的,我什么都知道了。"

"怎么会!你都已经安然度过了三十岁生日,怎么还会……"

"饺子是我们一起收养的,你陪我拔过牙所以提前让我注意牙齿,你以为去承德避暑山庄我可能会被鹿撞,所以一定要跟着去……你什么都知道!"

"危晓,你冷静一点,我不知道事情会变成现在这个样子……"时遇权忍着心痛,"就算为了你肚子里的孩子,你也不能这么激动。"

危晓抱着报复的心理,故意不告诉他这孩子的来历,只是问他:"你很在意这个孩子吗?"

"不，我很高兴你有了孩子，这起码说明，我的离开对你没有造成太大的伤害，这样我的心情也能好一些。"

时遇权苦笑着把回忆一点一点从脑海里拉出来，他说得很慢，因为心像是被摇摆的钟摆左右捶打，难受到呼吸困难。

"你不知道，那个时候你突然之间消失，我有多迷茫。第一次见面你是从天而降，最后一次见面你像是遁地无踪。我突然发现，我对你的一切不甚了解，我希望有人来帮我找你，可你在日本的朋友一只手就能数过来。我报警，警察说我是疯了，竟然让他们找一个不存在的人。绪天赐说你应该是自己藏起来了，只能等你自己出现。我去了北海道，你爸爸却说你不是他女儿，他的女儿才二十岁。我在佐佐木奶奶的民宿住了两个月……我一遍一遍去我们去过的地方，希望你会突然出现，希望你又会无赖地抓住我，说我是你的老公……

"可是没有，你再也没有出现过。

"久久失望之后，我开始怀疑，你是不是打从一开始就在骗我，你在日本的生活很无聊，所以你只是找我打发时间而已，可笑的是我竟然就被你耍弄于股掌之间……这种想法久久盘桓于我的脑海之中，我开始自暴自弃，很少去上课，很快就被学校下了最后通牒，如果不去补修学分将会被退学的警告。

"我看着那张警告信，浑浑噩噩不为所动。就在那一天，我找到了你的那个旧手机，我很愤怒，我把它狠狠地砸到了地上，手机四分五裂之后，我看见有一张纸从空中掉落下来，捡起来一看，是你写给我的信。那封信很离奇，离奇到我根本无法相信，你说你来日本本来是参加我的同学会，你没有想到会突然回到十年前，你说你很后悔没有珍惜跟我之间的感情，你说你留在日本是想好好弥补我，也弥补你自己的遗憾……

"太荒唐了，不是吗？现实又不是小说，怎么可能有穿越这回事。

"我根本不信，直到有一天，我接到语言学校的邮件，告诉我，学校将从下学年更名为樱道。我想起你的信，想起你出现之后的种种，忽然觉得可怕，因为你所说的可能都是真的，你真的来自未来。我痛定思痛之后，决定要振作起来，努力成为你爱着的那个成熟的我。我顺利毕业，也顺利回国。奥运会的时候，我将信将疑地去了你跟我描述的我们初次见面的地方，果然看见了你，你梳着齐刘海，稚气未脱，和隔壁的小孩儿比拼吹泡泡糖，我心里很激动，可又很伤感。因为我证实了一切都是真的，那么就意味着，再过八年我就会死。如果我会死，那你必将伤心欲绝，按照历史的轨迹，将会回到十年前，紧接着，凭空消失。我心里清楚地知道，如果我再爱上你，我们之间将会面临什么样的结局，所以我努力克制自己，不接你电话，不与你会面，让你把钱包直接寄给我。可是没想到，你竟然亲自将钱包送了过来。在大堂看到你的那一刻，我真的很想冲上前去告诉你，我们之前有过怎样的相遇和波折，可是我害怕，害怕这会是你平静人生的转折点。我忍了又忍，才维持住一张冰冷的脸。可是从门铃监视器看你在屋檐下躲雨，我又忍不住借故从楼上下来，装作顺路去送你。我想，就送到你家为止，以后绝不可以再去见你。

"贪心指引着我一步一步靠近了你，看到你过得那么辛苦，又那么孤独，我真的很心疼，我逃避你是希望你幸福，可如果你不幸福，我怎么可以袖手旁观。我跟自己说，既然我知道结局，那么我去努力避免那个结局不就好了？你说我在医院死去，我就猜测大约是我得了什么绝症吧，和你在一起之后，我便开始定期体检，为了你的健康，也拉着你每年体检。只是最近一年，我们关系急转直下，我才忘了去体检。

"我不希望你知道我们将在你三十岁那年面对什么，所以我避免你和天赐、亿欢、顾深深的见面，避免他们对你产生疑惑，避免你对过去产生疑惑，所以我才会对你偷偷跟着我去日本大动肝火，其实我只是害怕，害怕你见到顾深深。后来我们结婚了，过得很幸福，我以为只要我身体健康，安然度过三十岁便万事大吉，历史便不会再重演，所以我处事淡然，随遇而安，并不追名逐利，没想到会因为这样被你以为我丧失斗志混吃等死，最终导致了你对我的失望。

"我一直以为你很爱我，因为在日本的时候，你表达出来的对于亡夫的感情真挚而深切，所以我只当你是跟我闹闹小脾气要要小性子，从来没有当真，直到你跟我提出离婚那一刻，我才发现，我又一次因为自负而错失了跟你弥补关系的时机。我一直苦苦拖着这场离婚官司，就是想等到你安然度过三十岁之后，把所有一切都告诉你，没想到，那一天你却出了意外。其实我也被救了，只不过在抢救的过程中，医生发现我的伤口很难止血，便对我做了全面体检，然后就查出了白血病。我想反正你对我已经失望透顶，倒不如趁着这个时候好好了却这段关系，免得真的到了诀别那天，你反而会更痛苦。

"我没有想到你还是去了十年前，我原本以为只要你过了三十岁生日，时间就不会倒流，你会一直往前走，你会遇到新的伴侣，你会成就自己的事业，你会成为你自己想要成为的人，没有我你也会幸福……

"危晓，欺骗你是我不对。但是十年前你不是也骗过我吗？我想这就是我们的缘分吧，扯平了。"

时遇权脸色苍白，面带微笑缓缓说完这番话，危晓的眼泪怎么都停不下来，她很庆幸，庆幸他还活着，又很难过，难过他现在瘦得脱了形。

她一边哭一边笑："时遇权，你真的很讨厌，生病而已，干吗要骗我，能治好的，你一定能治好。"

"找不到合适的配型，要不然我也不用瞒着你。"时遇权语气很是洒脱，"你不用劝我，我不是很难过，此生能和你相爱两次，我死而无憾。"

危晓拉着时遇权的手，放到她的肚子上："也许，他可以救你。"

时遇权不明所以，愣神片刻，忽然明白过来，不可思议地说："难道这孩子是十年前？"

危晓点了点头："我回来的时候已经怀孕三个月，我不知道我是怎么回来的，总之那天我穿着白无垢突然就回到了我母校的图书馆。"

时遇权忽然灵光一闪："你母校是不是 A 城大学？"

"对！"

他终于明白她为什么消失了，时遇权激动地说："顾深深那天去了 A 城大学，她给我打电话，说看见了跟你长得一模一样的人，随后你就不见了。我想，应该是在那个时空真实的你被认识你的人目击，提醒了时空漏洞，所以不应该存在在十年前的你才会回到现在。"

"不重要了，你还活着我已经心满意足。"危晓忽然眉头皱紧，手放到了自己肚子上，"好痛……"今天受到的刺激太多，宝宝好像也不安分起来。

希望，希望一切都来得及……

危晓早产加难产，在产房足足待了一天一夜。

孩子出生的时候，是时遇权最虚弱的时候。他却在产房门外，不断祈祷，希望她平安，哪怕不要这个孩子。

因为这个念头，时遇权内心强烈不安，他得承认，他不是一个好父亲，他不够爱阿拾，这个世界上，他最爱的永远只有危晓一个。

遇见危晓之前，他从来不知道，原来他也会深深爱上一个人，不顾一切，勇往直前。

她像是一束光，透过时间的棱镜照射着他，直到将他点燃，让他明白，这世上最美好的是什么。

幸好，兵荒马乱之后，母子平安，他亦有了希望。

……

十个月后。

危晓的三十一岁生日，一样的地点，同样的西餐厅，只是这次风和日丽，而她和时遇权的身边，还多了一个会吐奶泡泡的小宝宝，他们给孩子取名叫阿拾，纪念这十年的不可思议。

这一年里他们经历了无数痛苦和折磨，幸好全都熬了过来，也幸好阿拾的脐带血和她爸爸能够配型成功，现在时遇权已经痊愈。

又是上甜点之前的间隙，时遇权把那个绑着水玉色绸带的盒子拿了出来。

"希望你不要介意，我这一年太累了，所以拿去年的生日礼物糊弄你。"

明知时遇权是在打趣，危晓还是配合地假装不高兴："我介意得很，所以明年你最好补两份。"

她伸手打开那个盒子，里面是一张卡片，上面写着一个账户名和密码。

"这是什么?"

"iCloud，你登录试试看。"

危晓一边拿手机一边说："你又在要什么花样? 不会是买了终生的会员和我共享吧?"

"你看看就知道了。"

危晓打开 iCloud，里面只有一个文件夹，名称叫"也许将来"。点开文件夹，里面不定时更新着集数，到现在已经有一百多集，这一年更新得比较少，只有两集。危晓点开了最后一个文件去看，是阿拾刚出生的那天，一家人其乐融融的画面。再往前翻，是她和他重逢，再往前翻，是她在办公室熬夜加班，他去给她送甜汤。

一帧一帧，都是满含着温暖和爱意，在她忽略时遇权的那些日子里，他对她的爱却一直没有间断过。危晓想哭，可又忍住了眼泪说："干吗把我画得这么丑，我有这么胖吗?"她不想让自己哭出来，因为劫后余生的每一天应该都是开心快乐的。

"其实去年我就想让你看的。"时遇权淡淡地说："生病之后，我还以为再也没有机会给你看这些了，不过幸好……"

"你好烦，是不是一定要让我哭?"

"不是，我是想告诉你，也许将来所有情节都是真实，只有开头是虚构的，我觉得有些遗憾，所以想问问你，愿不愿意嫁给我，让我把唯一的虚构变成现实? 场地我已经订好了，就在北海道，你被困的那个山庄。"

"如果我说不愿意呢?"

时遇权故意长长地叹了一口气："那我可就惨了，可能要赖在你家当黑户一辈子了。"

危晓扑哧一笑，一本正经地说："我挺怀念当黑户的感觉，就勉为其难跟你一起去趟日本吧。"

时遇权安排好了所有一切，顺利到达日本之后，来接他们的人是绪天赐。他长发及肩，气质和当年那个软萌的小鲜肉截然不同，变成了一个不戴手串的文艺青年。

绪天赐走上前对着时遇权就是一拳："这么多年不联系我，又从来不回我短信，我还以为你把我忘了呢。怎么? 终于要结婚了? 新娘在哪儿呢?"

时遇权把躲在身后的危晓拽了出来："来，给你介绍一下，这是我的妻子，危晓。"

绪天赐一愣，反反复复打量了危晓好几分钟，拍着额头说："我该不会是在做梦吧，危晓，这么多年你跑哪儿去了? 我的天! 你怎么一点儿都没变，反而越来越年轻了!"

危晓有些不好意思地说："当年我被警察发现，然后遣送回国了，因为太丢脸，所以我没有告诉你们。"

"你什么丢脸的事情我们没见过，有什么好遮掩的，害我们担心那么久。"绪天赐给了她轻轻一拳，"走吧，我们上车再说。"

坐在车上，聊了一会儿，危晓才知道绪天赐自从毕业之后就留在日本经营民宿，后来又开了旅行顾问公司，现在专门做精品定制旅游，这次他们在日本所有的行程全是绪天赐一手包办。

危晓很想问他后来和韩亿欢怎么样了，还没开口，就听时遇权问道："亿欢过来了没？"

"她今天晚上到。虽然她只是个小众歌手，但最近被人翻唱红了一首歌，所以通告突然多了起来。"

危晓又很意外："她真的成为歌手了？"她还以为以小公主的性子，不可能坚持很久呢。

"嗯，《叶只知》你听过没？原唱就是她。"

"原唱不是叫亦欢吗？"危晓问完这个问题就觉得自己真是猪脑子，亦欢，亿欢，可不就是一个人吗？

绪天赐边开车边说："她这些年其实过得挺不容易的，她太固执，这个圈子不太适合她。又因为对你们有愧疚，这么多年一直不敢与时遇权联系，所以并不太开心。"

"为什么要对我们有愧疚？"

"你还不知道？"绪天赐从后视镜里看危晓，一脸震惊，"时遇权没和你说吗？当年突然得知你和时遇权在一起，她受了刺激回国，然后故意给时遇权打电话说你在国内是个诈骗犯，后来你失踪，她总觉得跟她撒的这个谎有关，所以一度很恨自己，其实这事儿我们都知道怪不得她，无奈她过不去自己心里那一关。"

原来是这样。危晓看向时遇权，他一脸淡定地说："这么多年不见，绪天赐，你还是一如既往地拼命维护亿欢呢。"

"这么多年不见，你还不是一样的臭屁脸。"绪天赐这些年经营公司，性格外放了很多，所以说话越发直来直往。

说说笑笑，很快就到了绪天赐安排他们住宿的地方，危晓下车一看，原来是韩亿欢家的别墅，只是整体色调变成了原木色，而她住过的那间屋子的外墙则被铺满了绿植，大约是为了掩盖曾被火烧过的痕迹。

绪天赐帮他们提行李，带着他们往里走："去年刚刚装修过，进去了你们可能也认不出来了。"

他说的没错，危晓已经认不出这是她曾经住过几个月的房子了。现在这栋房子里完全没有了从前的痕迹，楼下所有房间全都被打通，变成了一个超大的客厅，明媚的阳光打在原木色的家具上，显得整间屋子温暖极了。

"这里现在是我公司在经营，这栋房子公用面积大，所以经常有小团队过来开 party。"绪天赐带他们转了一圈，又说，"对了，岚山佐佐木那间民宿现在也是我在经营。"

危晓惊喜地说："佐佐木奶奶的民宿？那她现在在哪儿？"她回到现实之后，很想联系佐佐木奶奶，可是已经查不到关于那家民宿的所有信息，原来是被绪天赐接手了。

"她在东京近郊一家养老院，过两天我带你去看她。"

"你和亿欢怎么样？"

"她已经答应了我的求婚，明年春天我们打算办婚礼。"

"恭喜你啊！"

绪天赐脸上洋溢着幸福的笑容："是你给了我勇气，每次我坚持不下去的时候就会想起你说你是先知，你知道我和亿欢肯定会在一起，就这样坚持到了现在，后来亿欢跟我说，其实她早就在心里接受了我，只是害怕改变我们的关系，害怕最后不得善终会失去我……"

到了晚上，像危晓从前住在这里时一样，她和绪天赐一起去准备火锅当晚饭，绪天赐一边准备食材一边把这些年和亿欢的波折全都告诉了危晓，危晓听着他们跌宕起伏又圆满结局的故事，很为他们感到高兴。

当所有食材全部准备好之后，门铃响了起来，绪天赐立刻擦干手往外跑去。

"应该是亿欢到了。"

门一开，亿欢便迫不及待跑了进来。她剪了短发，穿一件驼色大衣，身形比少女时代更加瘦削，看见危晓，眼泪便立刻浮上了眼眶。

"危晓……"

"亿欢……"

千言万语，最后化作一串带着眼泪的笑容，亿欢看着危晓真诚喜悦的表情，知道自己所有道歉的话已不必多说，从前年少无知时对她犯的错她已经全都原谅了。

大家把酒言欢，过去那些糗事乐事一件件被翻出来讲，又谈这些年的境况，无数唏嘘感叹之后，不知不觉，天就已经亮了。

绪天赐说："去北海道的飞机是晚上，你们都回房间睡一下。"

危晓摇了摇头："我还不困，你不是说佐佐木奶奶在东京养老院吗？我想去见见她。"

"也好，我带你去。"

时遇权拿了绪天赐的车钥匙："不必了，明天的事还需要你安排，我带她过去就好。"他全权委托了绪天赐在北海道安排婚礼现场，眼下绪天赐最要紧的是做好这件事。

绪天赐笑道："你放心好了，那边我的分公司早就已经全部安排妥当了，你不想我打扰你们二人世界就直说，谁稀罕当你们的电灯泡似的。"

时遇权开车带着危晓到了绪天赐给的那个地址，已是正午时分，他们下车穿过一片树林，然后就见到了养老院的正门。

很快护理员便带着他们去了佐佐木奶奶的房间。危晓走进去，佐佐木奶奶正在窗边看书，午后阳光正好，她被暖融融地照着，已经睡着了，手也垂了下来，书就快要落到地上。

危晓想帮她把书捡起来，手刚碰到书，佐佐木奶奶就醒了，睁开眼睛，看到眼前的危晓，用力眨了几下眼睛，才确定不是做梦。

"危晓！真的是你！"佐佐木奶奶脸上皱纹并不很多，但头发已经全白，看上去比从前老了很多。

危晓坐到她旁边的沙发上："是我。您最近过得还好吗？"

"还不错，只是时常想起你。"佐佐木奶奶不敢相信，盯着危晓，"我还以为这辈子都不可能再见到你了。"说起来，她能有安定的晚年也是托了危晓的福，危晓失踪之后，绪天赐他们偶尔还是会去她的民宿住住，也因此熟悉起来，最后才放心把民宿交到了绪天赐的手上。

"我也经常想您，非常感谢您以前对我的照顾。"

"是你照顾我比较多。见到你真是太好了，我有些东西一直想交给你。"佐佐木奶奶站起来，去衣柜里翻翻找找，最后找出了一根项链，"这好像是你当时落在更衣室的，别人捡到之后交到了我的手上。"

危晓接过项链一看，果然是她的，吊坠是她和时遇权的婚戒。她穿越到日本之后一直戴在身上，回来的时候不见了，她还以为是穿越过程中丢失了，现在失而复得，高兴极了。

她把项链扣环打开，取出那两枚戒指，戒指内环里刻着的是他们俩的名字缩写，虽然经历岁月蹉跎，但依旧光亮如新。

她还记得当时时遇权带她去买戒指，那堆导购背着她议论，说她配不上时遇权，她在洗手间听到了这番话，当时就下定决心，总有一天，她要成为和时遇权一样优秀的人，可以站在他身边不用自卑的人。

所以选戒指的时候她没有要复杂华丽的款式，而是选了这一对素到不起眼的戒指，时遇权觉得这样的款式有些过于简单，可她说平时要跑工地，这样的正正好，时遇权便随她去了。

后来时爸爸来给她送离婚协议，顺道便把这个戒指也送了过来，时爸爸跟她说，他这辈子最后悔的事情就是让时遇权娶了她，导致时遇权不得善终，所以不希望她再出现在他们面前。时遇权的后事，时家并没有通知她，因为那份离婚协议上她早签了名，所以在他们眼里，她只是一个外人。她到现在才明白时爸爸当时的苦心，他的残忍其实是另一种善良。

所有她曾经以为失去的，以为今生就此错过的……一切一切，全都失而复得。

　　和佐佐木奶奶告别之后，危晓便和时遇权去了机场，而时遇权的爸妈和危晓的妈妈则从 A 市带着阿拾直接出发，比他们早一步到达了北海道。

　　时遇权已经安排危晓的爸爸和妈妈见了面，所以他们现在一起在札幌机场等着危晓过来。

　　在危爸爸心里，这是他和女儿分别二十多年后的第一次见面，他心乱如麻，害怕危晓会怪他，害怕和危晓之间会像陌生人，在接机口踱来踱去，手足无措极了，不断朝内张望着。

　　危妈妈抱着阿拾安慰他说：“你不用这么紧张。”

　　“可……”

　　“放心，晓晓是个懂事的孩子，她会理解你的。”

　　危爸爸叹了口气，听见阿拾“咿咿呀呀”地叫着，便不由自主露出了笑容，伸手抱他，然后碰了碰他的小脸蛋：“你跟你妈妈小时候长得可真像，时间过得真快啊，一转眼，我都有外孙了……”

　　时间有时候过得真快，可有时候又过得很慢，危爸爸觉得等接机的这一个小时如此漫长。

　　直到阿拾在他的怀里强烈地不安分起来，他朝着阿拾小胳膊挥舞的地方看了过去，就看见了一对眼熟的男女走了过来，他有一瞬间的错愕，然而很快就被久别重逢的喜悦冲散，他有些拘束地走近危晓，还没说话，危晓便冲上来给了他一个大大的拥抱。

　　“爸爸，我好想你。”是真的真的很想很想。

危爸爸拍着她的肩膀，激动得说不出话，只顾着默默擦眼泪。

时遇权安慰这一对抱头痛哭的父女："以后有的是机会见面，先回去吧。"

危爸爸赶紧点头："对对，你们坐飞机应该很累了，我们一起回去。"

绪天赐给他们一家安排了婚礼场地附近的一家民宿，是一栋有着几百年历史的别庄，古朴幽静。

吃晚饭的时候，危爸爸终于忍不住问："时先生，我是不是见过你？"

时遇权"嗯"了一声："您叫我阿权就好，我之前去过您的店里。"

"你是不是跟一个和晓晓长得很像的女孩儿一起去的？"危爸爸的记忆苏醒，"我想起来了！那个女孩儿也很喜欢吃我做的姜糖糕。"

时遇权看一眼危晓，思考这问题要怎么回答，就听危晓说："爸爸，你说的是真的吗？时遇权以前的女朋友真的长得和我很像吗？"她的语气带着不悦，瞪着眼睛似乎要跟时遇权算账，"你以前怎么从来没有告诉过我！"

危爸爸连忙息事宁人地说："没有没有，是我记错了。"

危晓偷偷给时遇权比了个"耶"，露出了狡黠的笑容。她不希望她那段离奇的经历被更多人知晓，因为那是属于她和时遇权的独一无二的浪漫。

第二天便是婚礼，小型而盛大。小型是指宾客人数，加在一起没有超过十人，盛大是指场面，绪天赐几乎将整个北海道的热气球全都调了过来，因为是夏天，没有积雪，又找人堆了几座雪山。

危晓穿着婚纱被人送到山顶，看着巍峨绮丽的景象，整个人都被吓到了。

"这……这也太浮夸了吧！这是北海道，又不是土耳其！"

时遇权牵着她的手往热气球边走："第一次来这里，你跟我说，你想要一个热气球，你想要飞越这雪山，去山的那边看一看，你想亲眼看看海市蜃楼是不是真的海市蜃楼。现在我想告诉你，我愿意带你一起去看，我想让你亲眼看到，那些都是真的，并不是海市蜃楼。"

危晓并不记得自己说过这话，大约是当时冷到昏迷，所以说了也不记得，可是现在由时遇权讲出来，她却很感动。这一生一世，她总是随口许愿，而他则是郑重其事地帮她实现愿望。

她偎着他回答："跟你在一起，就算是海市蜃楼，我也愿意。"

时遇权冲着她微微一笑，登上了热气球，牧师带领他们宣读了誓词，又交换了戒指，礼成之后，气球慢慢升空，危晓紧紧拉着时遇权的手，尽管在寒冷的高空，内心却有喷薄的暖意层层叠叠涌出来。

时遇权是真的，阿拾是真的，她也是真的，他们处在真真切切的 2017 年，所有的一切都不是海市蜃楼，未来他们还有很长很长的路要走，一生一世一起走。

婚礼结束之后是一个自助酒会，大家心里高兴，不知不觉就喝到了天亮，所有人都睡着了，只有时遇权和危晓是清醒的。

他们从客厅里走了出来，打算回房间，外面是耀眼灿烂的朝霞，从群山叠嶂之间渐渐腾空而起，片刻便将璀璨映满整片山谷。

他们肩并肩站在回廊下，忽然都觉得恍若隔世。

太阳升起的时候，他们默契地相视一笑。

隔世又怎样?

山长路远，海角天涯，他们总能找到彼此……

图书在版编目（CIP）数据

东京爱情事故 / 木懒懒著. —成都：四川文艺出版社，2021.10
ISBN 978-7-5411-5866-7

Ⅰ.①东… Ⅱ.①木… Ⅲ.①长篇小说—中国—当代
Ⅳ.①I247.5

中国版本图书馆 CIP 数据核字（2021）第 035447 号

DONGJING AIQING SHIGU

东京爱情事故

木懒懒　著

出 品 人　张庆宁
责任编辑　陈润路
内文设计　史小燕
封面设计　严春艳
责任校对　段　敏
责任印制　桑　蓉

出版发行　四川文艺出版社（成都市槐树街 2 号）
网　　址　www.scwys.com
电　　话　028-86259287（发行部）　028-86259303（编辑部）
传　　真　028-86259306

邮购地址　成都市槐树街 2 号四川文艺出版社邮购部　610031
排　　版　四川胜翔数码印务设计有限公司
印　　刷　成都市锦慧彩印有限公司
成品尺寸　145mm×210mm　　开　本　32 开
印　　张　8.5　　　　　　　　字　数　190 千
版　　次　2021 年 10 月第一版　印　次　2021 年 10 月第一次印刷
书　　号　ISBN 978-7-5411-5866-7
定　　价　45.00 元